落姑苏

康锐 著

江苏凤凰文艺出版社
JIANGSU PHOENIX LITERATURE AND ART PUBLISHING

目录

你有没有听过

有一种爱情

叫作望一眼

便是一辈子

part **1**

都有一个江南梦

要说这天底下，最有魅力的城市，苏州绝对能算一个。

苏州的魅力，不仅在于她的外表美，更在于她的气质美。苏州的美，美得是那样不可一世，美得是那样荡气回肠。

苏州的美，美在园林中。拙政园里藏秀，网师园中览胜，天香筑高情亦深，狮子林幽更迷人，曲径通幽，廊桥连波，翠竹摇曳生姿，花木扶疏争艳。

苏州的美，美在水韵间。君到姑苏见，人家尽枕河，小桥流水多情趣，粉墙黛瓦更如诗，楚楚然，好一股清淡水墨香气；洋洋兮，好一份恬静悠闲生活。

苏州的美，美在人文里。丝竹声声入心田，吴侬软语诉衷肠，一曲评弹诉古今，一段佳话传千里，一个唐伯虎，一个金圣叹，一笼烟雨越千年。

苏州的美，美在时光里。古典与现代辉映，诗与远方并存，一面质朴幽雅，一面时尚颖达，一个东方门，一座沧浪亭，一壶浊酒慰心愁。

苏州的美，还美在餐桌上。松鼠鳜鱼、阳澄湖蟹，每一道都是天下美味；太湖三白、母油船鸭，每一篇都是人间极品，暴殄天物也罢，骄奢淫逸也好，谁叫这里是人间天堂。

苏州的美，不同于杭州的美，同是合德飞燕般的两姐妹，风格却也是截然不同的。杭州的美大气，有大家闺秀之风姿；而苏州的美则内敛，有小家碧玉之娇仪。

然而，正是她的这种内敛以及娇仪，把世人迷得神魂颠倒，不能自已。更让人叫绝的是，她还有一个足可以撩动天下所有男人心的名字——姑苏。

姑苏，多么美丽、美妙，并且具有诗意的名字啊，不知是出自谁人之手，但绝对是神来之笔！姑苏这个名字的横空出世，绝对是惊天地、泣鬼神的！

姑苏一出，山河万澜有了归宿，在中国城市大家庭中，北京的大气，不再显得突兀；上海的繁华，不再显得轻佻。

姑苏一出，人间百媚有了具象，她是每个女人一辈子梦寐以求出生和成长的地方；也是每个男人，一辈子梦寐以求向往的地方。

姑苏一出，人们心中多了一束白月光，她的静谧恬淡，足可以拂去尘世的纷扰；她的温柔美丽，足可以融化你的心灵。

姑苏一出，整个世界都变得温柔起来，世间的争端变得无聊，天下的兵戈显得可笑，香雪海里的花瓣儿，随便飞下三两片，美得都像诗词；平江路上的小曲儿，听上一千年，都不觉得腻。

正因为这样，一拨又一拨的男人来了……伍子胥、李白、冒辟疆……

2000年9月，在皖中平原上行驶的一辆绿皮火车上，也有这么一拨年轻人，怀着对姑苏的向往，怀着人生的梦想，在向着苏州，向曾经的姑苏进发……

陆骁，是一个来自山东的小伙，他的名字，寓意着他要像草原上骁勇的骏马一样，在未来的人生道路上驰骋疆场，成就一番事业。

正值青春年少的陆骁，不仅高大阳光，眉宇间还透露着一种英武之气，让人不禁联想到古代战场上英勇杀敌的少年英雄，仿佛他就是那位传说中的兰陵王。他的名字，他的气质，他的外貌，仿佛都在诉说着他的不凡。

然而，即使是英勇的战士，也有柔情的一面。或许是英雄都爱美人的定律在起作用，又或许是陆骁内心深处的渴望，他在高考结束后，毫不犹豫地选择了苏州的一所大学。他渴望在这座美丽的城市，开始自己的大学生活，寻找自己的人生方向。

大学生活，如同一幅崭新的画卷，每个人都对它充满了憧憬和期待，陆骁也不例外。他期待着新的环境，期待着新的生活，期待着未来的一切。在那个充满活力的年纪，他和一群志同道合的青年一同乘坐火车，前往梦想的彼岸。

斜阳透过车窗，洒在车厢里，洒在他们干净俊美的脸庞上，洒在他们清澈明亮的眼神里，构成了一幅美丽的画卷。陆骁虽然曾随父母出外旅行过，但这次旅程意义非凡。因为这标志着他长大成人，标志着他的人生正式起航，于是，他毅然拒绝了父母的送行。

火车行驶在广袤的大地上，陆骁时而看着窗外，时而关注车内。他用心观察着这个世界，观察着每一个人，似乎想从他们身上找到人生的答案。就在此时，过道对面的一个女生吸引了他的目光。

她坐在窗边，静静地翻阅着一本张爱玲文集。她的气质优雅宁静，宛如一朵茉莉花，散发着淡淡的芬芳。

她叫孟瑶，如同她的名字一样，那优雅的气质，那迷人的风度，让她成了无数男人心中的憧憬，却也是遥不可及的梦想。

她的美，她的气质，深深地吸引了陆骁。他默默地注视着她，她坐在那里，让他的目光无法移开。

幸好，孟瑶在全神贯注地看书，丝毫没有察觉到陆骁的注视。否则，任何人被这样直勾勾地盯着看，都会感到不自在。

陆骁心里既紧张又矛盾。他觉得自己这样盯着人家看，实在有些无礼，像个流氓。可是，他又无法抗拒孟瑶的美丽，孟瑶就像是芬芳的茉莉花、美丽的紫罗兰、妩媚的蓝月亮，以及皎洁的白月光。

陆骁心想，你美就美吧，别美得这样让人不能自拔。陆骁告诫自己，不能错过这个机会，他想要上前与孟瑶搭讪。

然而，他又害怕自己的举动，会让她感到不适，怕自己会显得冒昧，怕失礼，怕被拒绝，怕无言以对，怕陷入尴尬的境地。这种恐惧感，更像是一种社交焦虑，他知道，很多人在面对陌生人或是重要的人时，都会有这样的担忧。

经过一番激烈的思想斗争，陆骁终于下定决心。他鼓足了勇气，准备走向孟瑶。无论结果如何，他都愿意去尝试。

陆骁道："同学，你也喜欢张爱玲的作品啊？"

正沉浸在小说故事里的孟瑶，突然听到有人跟她说话，下意识地抬起了头。就在她抬起头的一刹那，她和陆骁恰巧四目相对了。

陆骁的眼神明亮深邃，仿佛可以随时捕捉人心，每一个被它俘虏的人，都不想逃跑，只想被它囚禁；而孟瑶的眼神，也极其美丽温柔，每一个映入她眼眸的男子，就像掉进了大海，不能靠岸，也不想靠岸，只想沉溺在那里。

他们四目相对的瞬间，仿佛时间都静止了，但他们的内心在翻江倒海，又像是藏着只小兔子，扑通扑通跳个不停；他们想移开视线，但又像被磁铁吸住，移也移不开。这种体验，用惊心动魄形容，毫不过分，但又让人如痴如醉，既怕又想，欲罢不能。

长久地四目相视，终究不是事。终于两人都绷不住了，都不自觉地移开了目光。

孟瑶意识到，对方好像一直在等自己的答案。但她一下不知道如何回答，只好回了句“还好啦”。她的心跳如鼓，脸颊发热，她不知道自己的回答是否恰当，也不知道接下来该怎么办。

“那我可以考你几个问题吗？”陆骁注意到孟瑶身边的旅客暂时离开了座位，于是他毫不犹豫地一边搭讪，一边起身坐了过去。

“嗯嗯。”孟瑶回答。

“那你是怎么看张爱玲的？”陆骁问道。

孟瑶一听，立刻来了精神。她心想：这个问题难不倒我，我手中的这本书可不是白读的。于是，她自信满满地回答：“张爱玲是一个非常有个性、有才华的女性，她高贵典雅，遗世独立。”

“那你又是如何理解张爱玲人生的呢？”陆骁继续追问。

孟瑶微笑着回答：“你怎么问这么沉重的问题？”

陆骁道：“关键是你在看这么沉重的书！”

孟瑶追问道："为什么这么说？"

陆骁解释道："因为别人都是酒如柔肠，顶多七分化作月光，余下三分呼为剑气；而她却是十分化作月光，一百分呼为剑气，绣口一吐，盖住了整个民国。"

听到这里，孟瑶不禁被震住了。她没想到，对面的这个男生并非徒有其表，而是满腹才华。于是，她接着说："是啊，生命就像达·芬奇的画，自有它内在的逻辑和审美！"

陆骁紧接着问："那你为什么不说，生命像一袭华美的袍，上面爬满了虱子呢！"

孟瑶笑道："呵呵，因为我只见过袍，没见过虱子。不过，我想大多数人，也都跟我一样，只愿见到美好的事物，不愿见到不好的。"

陆骁好奇地问："那是为什么呢？"

孟瑶认真地说："因为人性都是虚伪的！其实，人生就是不断地伪装自己，将自己的优点放大，将自己的缺点掩藏和规避。"

陆骁赞同地点点头："你说得太对了！这就正如大家都喜欢看孔雀开屏，都觉得很美，却极少有人看到孔雀丑陋的屁股。"

孟瑶调皮地说："你怎么说着说着，就俗了！"

陆骁笑道："哈哈，所谓大俗大雅嘛，没有面包的罗曼蒂克，是不切实际的！"

孟瑶也笑了："哈哈，还真有你的！"

陆骁接着问道："同学，那你又是如何理解张爱玲对待爱情的态度的呢？"

孟瑶有些好奇："你是学播音主持的吗？怎么这么多问题？"

陆骁笑着回答道："人嘛，总是这样的，看见漂亮的女孩，就想多说几句话；遇到博学的人，总喜欢多问问题。"

孟瑶调侃道："是吗？你这样，很容易被定义成'渣男'的！"

陆骁尴尬地笑道："嘿嘿！"

孟瑶问："那你说说吧，你对待爱情的态度是什么？"

陆骁认真地说："彼此都有意，而不说出来，这是爱情的最高境界！因为这个时候，两人都在尽情享受媚眼，尽情地享受目光相对时的火热心理，尽情地享受手指相碰时的惊心动魄。一旦说出来，味道会淡许……"

陆骁一边说着，一边看着孟瑶。当他们的目光再次相对的时候，孟瑶顿时感觉脸红，一阵害羞，不知如何应对了。陆骁见状尴尬，便打趣道："你别介意啊。这也是张爱玲说的，不是我说的。"

虽然陆骁有点贫嘴，但孟瑶见他也是喜欢读书、博学之人，心中虽然有一些忐忑，但也有一种说不出的愉悦。于是，她讪讪地说："没事的。"

为了打破尴尬，陆骁道：“同学，你也是新生吧？”

孟瑶点了点头。

陆骁又问道：“你是哪个大学的？”

孟瑶回答：“我是苏州大学的！”

陆骁惊喜地说：“太巧了，我也是苏州大学的，缘分啊！”

两人相视而笑。

听到“缘分”两个字，孟瑶不禁心里一怔。她觉得缘分真是奇妙，让她既渴望又有些望而生畏。

她不经意低头看了一眼手中的书——张爱玲的《半生缘》，心头忽然闪过一丝不安，说不上为什么，脑海里却是闪过了张小娴的一句话——都说缘分是本书，翻得不经意会错过，读得太认真会流泪。

大约傍晚时分，列车抵达了南京市区。

“快看，南京长江大桥！”不知是谁喊了一声，引得车厢内的人纷纷涌向窗户，一睹风采。陆骁和孟瑶也不例外，他们挤进人群，欣赏着窗外壮丽的景色。

只见夜幕下的南京长江大桥横卧在江面上，十分雄伟壮观。江面上波光粼粼，映衬着大桥的灯光，仿佛整个江面都被点亮。

列车蜿蜒前行，前端车厢已经驶上了大桥，而后方还在缓缓拐弯。陆骁和孟瑶所处的位置恰好是列车的中部，可以同时看到火车的前后部分。此时华灯初上，列车犹如一条巨龙，在波涛汹涌的长江上穿梭，景象无比壮观。

过了长江，就算是江南了。不得不承认，“江南”是个非常神奇的存在。

因为一个“江南”，几乎涵盖了所有对春天的期望，多一个词形容，都显得多余。

因为一个“江南”，几乎代表了所有对美好的想象，再具体一些，我怕累赘。

因为一个“江南”，几乎阐释了所有对美丽的认知，曾有人调侃，世界太大，天堂太远，去一趟江南就够了。

江南不仅有小桥流水，还有杏花春雨；不仅有唐伯虎，还有白娘子；不仅有林徽因，还有戴望舒；对了，还有无数个戴望舒笔下的雨巷，以及雨巷中撑着油纸伞的丁香一般的女子。

在火车上，陆骁偶然听到了一些学子关于江南的谈论。原来，他们去苏州读书，都是冲着江南去的。从那一刻起，陆骁才意识到，原来每个人的内心深处，都藏着一个江南梦。

到了学校，已是晚上11点的样子了，但学校依旧灯火辉煌。夜幕下的苏州大学，宛如一颗璀璨的明珠，镶嵌在美丽的江南水乡。

校园内的古老建筑，在灯光的映照下，显得古朴典雅，散发出历史的厚重。古老的树木，轻轻摇曳，仿佛诉说着岁月的沧桑。校园内的小桥流水，在灯光的点缀下，显得更加婉约动人，宛若一幅精美的画卷。

学校辅导员老师个个都很热情，满脸笑容地迎接着新生。孟瑶被中文系的学生接去，安排住宿，而陆骁则被建议，前往建筑系报到。

孟瑶办理完住宿后，匆匆与陆骁告别。陆骁望着她远去的背影，忽然意识到一个问题：这么大的学校，以后怎么联系呢？因为那个时候，手机还不普及，于是，陆骁大声道："孟瑶，我们以后怎么联系？"

孟瑶转身笑道："就这么大个学校，还怕碰不到吗？"

"那万一碰不到呢？"陆骁又问。

"碰不到的话，一个月后的今天，晚上八点，就在这里见！"孟瑶回答道。

陆骁回应道："好！一言为定！"

孟瑶转身离去，留下一个美丽的笑靥，如春天的花朵般绽放，让陆骁回味无穷。一旁路过的学长见状，忍不住笑道："嗐，用得了这么麻烦吗？中文系的女生都住6号楼，你过几天找宿管阿姨问问不就得了。”

陆骁听后，微微一笑，表示感谢。

办理好报到手续后，陆骁拎着箱子来到了3号楼308寝室。这里将是他的新家，是他人生新篇章的起点，他期待着在这里遇见新的朋友，期待着与他们共同度过美好的大学时光。

陆骁踏进宿舍时，已近午夜12点。宿舍的其他室友，都已经完成了报到。

或许是因为初次步入大学校园，每个人的脸上都洋溢着兴奋的神情，大家都没有休息，聚在一起，等待着最后一个室友的报到。见陆骁走进宿舍，大家纷纷起身迎接。

“嗨，哥们儿，我来帮你！”黄秋刚边说边过去帮忙拎行李。

“谢谢！”陆骁回应道。

“客气啥，以后我们要一起生活四年呢，互相帮助是应该的！”黄秋刚豪爽地道。

这一刻，陆骁瞬间感受到了一股家庭的温暖。他笑着回应：“好，以后我们就是一家人，是好兄弟，我们彼此照应！”

黄秋刚接着说：“没问题！我们互相介绍下自己吧！我叫黄秋刚，来自海南，1981年的！”

另外两位同学也纷纷自我介绍。

“我叫孙美俊，无锡人，1982年的。”

“我叫曾肇晖，江西人，也是1982年的。”

陆骁最后道：“我叫陆骁，山东人，1980年的。”

黄秋刚提议道：“那这样吧，你年龄最大，就做我们宿舍舍长吧，我们都叫你老大好了。”

“我同意！”孙美俊和曾肇晖异口同声地道。

陆骁微笑着回应：“好，既然大家都信任我，那我就做舍长好了。以后有什么事给我说，我来罩着大家！”

说完，大家开始分享各自从家乡带来的特产，欢声笑语不断，宿舍里充满了愉快的氛围。

在一阵开心畅聊后，室友们渐渐进入了梦乡，在这个温馨的宿舍里，陆骁和他的室友们即将开始他们难忘的四年大学生活。

开学的第一天，校园里充满了欢声笑语。

新生们带着对新学期的期待和憧憬，开始了他们的大学生活。而在这美好的开端里，他们首先要面对的，就是军训。

对大多数没有经历过什么体力劳动的大学生来说，军训的强度无疑是一种超负荷的挑战。他们的每一天，都被安排得满满当当，从早到晚都在进行各种训练。

在这个过程中，他们不仅要锻炼身体，还要学会团结协作，培养自律精神。

陆骁身体素质出众，军训过程中表现出色。

他一直惦念着孟瑶，但他觉得刚刚开学，就去找孟瑶，可能不太合适，于是决定等到周末再去6号楼找她。

周末终于到来，那是开学第一周周六的下午，阳光明媚，陆骁来到了女生宿舍6号楼门卫处。此时，门卫处的牛阿姨正在一边听着张学友的《饿狼传说》，一边织着毛衣。

陆骁上前询问阿姨孟瑶是否在宿舍。阿姨告诉他，孟瑶刚刚出去了。

陆骁表示等一会儿再过来。

没过多久，孟瑶和她的舍友迟姗姗回来了。

牛阿姨告诉她，刚才有个帅小伙来找过她。

孟瑶心里暗想，这个人应该是陆骁。她急切地问阿姨陆骁现在在哪里。

牛阿姨告诉她，陆骁刚才被她支走了，她想先跟孟瑶通个气。

孟瑶知道阿姨是一片好意，但她心里还没有准备好这么快就见到陆骁。她想起了那个约定：一个月后的今天，晚上八点，就在这见！

她想象着在灯火阑珊的夜晚与陆骁重逢，那是多么浪漫的一件事。

于是，孟瑶向牛阿姨表示，她还不愿意这么快就见到陆骁。牛阿姨理解她的心情，告诉她找对象的事情要慎重，不能轻易答应，尤其现在“色狼”比较多，更要提高警惕。

过了一会儿，陆骁再次来到门卫处找牛阿姨。他问阿姨孟瑶回来了没有。

阿姨告诉他，她年纪大了，记错了，这里并没有一个叫“梦遥”的女生，只有一个叫“梦不遥”的。陆骁觉得阿姨在开玩笑，但阿姨却佯装生气地说，她见过太多像陆骁这样看似一表人才，实则腹中空空的人了。

陆骁无奈，只好离开了门卫处。牛阿姨见状，刚想叫住他，但陆骁径直走开了。

陆骁身材高大，气质出类拔萃，在校园中备受瞩目。

他的身高足有1米88的样子，仿佛是一座巍峨的高山，令人仰望。他入校不久，就成了各大社团争相发展的对象，各社团都希望他能加入，为社团注入新的活力，壮大社团力量。

陆骁兴趣爱好广泛，充满活力，但最终选择了风语者篮球队。对他而言，篮球场上的飞翔，那种汗水淋漓的感觉，才是他真正追求的。

陆骁的身材健硕，肌肉紧实且有弹性，仿佛是行走的荷尔蒙。每当他走在校园的小路上，总会引来无数女生投来的目光。她们或许是被他的帅气外表所吸引，或许是欣赏他在篮球场上的英姿飒爽，无论是哪一种，陆骁都已然成为校园中的一道靓丽风景线。

开学又一个周末的下午，阳光洒在校园，给人一种温馨而热烈的感觉。校园内的篮球场更是热闹非凡，成为同学们释放激情、挥洒青春的舞台。陆骁正和他的队友们进行紧张而有序的训练。

他矫健的身姿、果断的动作，以及那股勇猛无畏的斗志，令人敬佩。场边观战的同学欢呼声此起彼伏，其中尤为引人注目的是一群女生，她们纷纷为场上的陆骁加油助威。这群女生中，有两个特别引人注目的身影，那就是刚刚结束网球训练的朱娜和蒋琨。

朱娜，也是新入学的大一新生，与孟瑶同班，也是中文专业。与文静恬美的孟瑶相比，朱娜个性张扬，火辣热情。如果说孟瑶是一朵紫罗兰，那么朱娜便是一朵蜡梅花；如果孟瑶是一朵白玫瑰，那么朱娜则是一朵红玫瑰。

她特立独行，总是扎着一个冲天辫，独树一帜。虽然她并不善于与班上同学交往，但凭借独特的性格魅力，很快在学校里结识了一群志同道合的朋友。她们组成了一个号称“四人组”的姐妹花小组，蒋琨便是其中之一。

朱娜路过篮球场时，恰好看到了陆骁矫健的身姿。他勇猛无畏的斗志，如同一股强烈的吸引力，让朱娜看得如痴如醉，不能自拔。从那一刻起，她便深深地迷恋上了陆骁。

比赛结束后，球员和观战者们陆续离去，陆骁正低头整理着自己的衣物，朱娜鼓起勇气，向陆骁主动打招呼："同学，你好，我叫朱娜，能交个朋友吗？"她带着微笑，期待着陆骁的回应。

陆骁突然听到有人跟他打招呼，有些蒙圈。他显然接受不了这种突然而来的热情，但又不知如何回答。略带疑惑地，回复了一句："我们认识吗？"

朱娜一听，顿时有些生气。她觉得陆骁的回应有些傲慢。

"不认识怎么了？不认识就不可以交朋友吗？这世界上，哪一个人不都是从不认识到认识的？"朱娜道。

陆骁一听，觉得朱娜讲得似乎有些道理，随口道："你找我有什么事吗？"

朱娜越听越来气，心想：你牛什么牛！你不就是长得高了点、帅了点嘛！姐一样把你拿下！

于是，她改变了口气："也没什么事，就是想跟你交个朋友，认识一下，你不要介意哟！"

朱娜尽量让自己的语气变得轻松友好，希望能给陆骁留下好感。

然而，陆骁见朱娜有些阴阳怪气，心里隐约有些讨厌。他一边说了句“不用了，我有朋友”，一边拿起衣服，转头走了。

朱娜愣在原地，看着陆骁离去的背影，失落和气愤涌上心头。她无法理解，为什么陆骁会如此冷漠地拒绝她的好意。

这天下午，朱娜的心情犹如过山车。她在竞技场上的勇敢和热情，换来的却是陆骁的冷遇。而陆骁原本平静的生活，也因为朱娜的突然出现，被打破了。

这场相识，对他们来说，究竟意味着什么？

未来的日子里，他们又会走向何方？这一切，都是未知数。但在人生的道路上，每个人都有属于自己的选择，每个人都有属于自己的故事。

时光如梭，转眼间，开学后的第三个周末翩然而至。

在那个宁静的傍晚，微风轻拂，美丽的苏州大学校园，显得格外漂亮。

学校礼堂内，座无虚席。台下第一排就座的是校党委书记颜惠庚、校长刘雪东、校办公室主任陈平、学生工作办公室主任袁志华，以及辅导员老师秦毅、张小远、薛勇、唐琳等。后排就座的是苏州大学所有大一的新生。这些领导、老师和同学齐聚一堂，共同见证和参与这场充满欢乐和温馨的迎新晚会。

晚会的气氛，热烈而融洽，台上表演精彩纷呈，台下观众欢声笑语。主持人自信满满地走上舞台，优雅地报幕：

悠悠江南　梦里情怀
潇潇烟雨　牵哉念哉
江南美如画
江南故事甜
风到这里有点黏
人到这里最流连……

尊敬的各位领导、亲爱的老师们、同学们，大家晚上好！我是主持人赵雨霞。秋天，是一个丰收的季节，也是充满希望的季节。今晚，我们来自五湖四海的新生们，相聚在这千禧年的丰收之夜，共享属于我们的欢乐时光！

有一首诗大家应该不陌生：撑着油纸伞，独自彷徨在悠长、悠长又寂寥的雨巷，我希望逢着一个丁香一样地结着愁怨的姑娘，接下来，请欣赏舞蹈《雨巷》，表演者孟瑶！

陆骁来得稍晚了一些，此时黄秋刚已经为他预留了座位。他入座后，环顾四周，目光不断地搜索着，试图能够找到孟瑶。但始终未能如愿。

那一刻，陆骁的心情变得沮丧起来。然而，就在这时，他的耳朵捕捉到了一个熟悉的名字——孟瑶！这个名字如同一股清泉，瞬间浇灌了他干涸的心灵，他的心情变得激动起来。

此时，剧场内正播放着一首优美的江南民乐，旋律缠绵悱恻，仿佛在诉说着细雨绵绵的故事。孟瑶缓缓出现在舞台中央，她身着一袭浅色旗袍，手中撑着一把花折伞，宛如漫步在雨中的丁香花。

一束追光灯，恰到好处地打在孟瑶的身上，她的舞步伴随着音乐，如梦如幻。在灯光的映照下，她仿佛化身为雨中的精灵，引领着观众进入了一个梦幻般的世界。剧场内的观众都被她的舞姿所吸引，纷纷屏住了呼吸，生怕打扰了这个如诗的画面。

一个富有磁性的男声，缓缓朗诵起了《雨巷》这首诗——

撑着油纸伞，独自
彷徨在悠长、悠长
又寂寥的雨巷，
我希望逢着
一个丁香一样地

结着愁怨的姑娘。

她是有
丁香一样的颜色，
丁香一样的芬芳，
丁香一样的忧愁，
在雨中哀怨，
哀怨又彷徨；
她彷徨在这寂寥的雨巷，
撑着油纸伞
像我一样，
像我一样地
默默彳亍着，
冷漠，凄清，又惆怅。

她静默地走近
走近，又投出
太息一般的眼光，
她飘过
像梦一般的，

像梦一般的凄婉迷茫。

像梦中飘过

一枝丁香地，

我身旁飘过这女郎；

她静默地远了，远了，

到了颓圮的篱墙，

走尽这雨巷。

在雨的哀曲里，

消了她的颜色，

散了她的芬芳

消散了，甚至她的

太息般的眼光，

丁香般的惆怅。

撑着油纸伞，独自

彷徨在悠长，悠长

又寂寥的雨巷，

我希望飘过

一个丁香一样地

结着愁怨的姑娘。

孟瑶的舞姿翩翩，她飞动的舞裙如飘逸的云朵，仿佛带着他走进了如梦如幻的江南水乡，她的每一个动作都充满了韵味，仿佛在诉说着一个浪漫的故事。

此时的陆骁，已经被孟瑶的表演深深吸引，他目不转睛地盯着舞台，心中充满了无尽的期待。他懊恼那个朗诵诗歌的男生为什么不是他；他恨不得立马上去跟孟瑶打招呼！

孟瑶虽然并非真正的江南女子，但此刻的她，却将江南女子的形象，刻画得入木三分。她的一颦一笑、一举一动，都让陆骁感受到了江南水乡的柔情与风韵。

陆骁心中暗暗认定，孟瑶就是他一直以来寻找的梦中女孩。他心中的爱意，如潮水般汹涌澎湃，仿佛找到了久违的归宿。此刻的陆骁，心中充满了激动与期待。

孟瑶表演结束后，观众们纷纷为她鼓掌欢呼，她优雅地鞠躬致谢。而此时，陆骁的心情却无法平静。他害怕错过这次表演后，又要等到很久才能与孟瑶重逢，因为距离他们约定的“一个月后”再次相见，还有11天，这对陆骁来说，无疑是一个漫长的等待。

这段时间，陆骁每天都在思念中度过，他害怕错过孟瑶的消息，害怕无法及时了解到她的近况。离上次分别仅仅过去了19天，而这19天对陆骁来说，就如同漫长的岁月。他每天都数着日子，期盼着与孟瑶重逢的那一天。

然而，此刻的陆骁决定不再等待。他灵机一动，果断地起身冲向前方。他径直走到舞台前的正中央，拿起了一束舞台前摆放的塑料假花。陆骁举着假花，双眼充满期待地看着孟瑶。

其实，孟瑶自从上次和陆骁分别后，也一直想念着陆骁。上次陆骁到她宿舍楼下找她，她并不是不想见，只是想以一种更浪漫的方式相见。

但是，一个月也真的很长啊，她一直很担心，一个月后，万一陆骁没有在报到处的那条静谧的小路上出现该怎么办?

她甚至想去陆骁宿舍楼下去找他，但是她深知，不到万不得已，她是万万不能去的，因为她觉得那样，她就不淑雅了，她那样，一定不是陆骁喜欢的样子!

如今，在这里碰到了，孟瑶自然也是喜出望外，孟瑶走向前去，毫不犹豫地接受了陆骁的献花。

那个时候，大学还是相对保守的，这样的场景让一些校领导和教授感到尴尬和惊讶，他们面面相觑，无法理解这两个年轻人的行为。

然而，对正值青春年华的大学生们来说，这一幕无疑是刺激而又带劲的。他们大声喝彩，吹口哨，起哄声此起彼伏。

朱娜看到这一幕后，心里就像打翻了醋瓶，甭提有多难受了，她暗下决心，一定要追到陆骁。

演出结束后，观众们纷纷起立，为演员们的精彩表演鼓掌。

陆骁站在人群中，目光始终紧锁在舞台上的孟瑶身上。陆骁给孟瑶打了个手势，示意自己就在这里等她，孟瑶也领会了陆骁的意思。

随着观众陆续离去，剧场内变得越来越空荡，只剩下陆骁一个人坐在第一排的中间。这时，孟瑶卸完妆，从后台走向前台。

孟瑶缓缓从台上走下来，她心里也扑通扑通直跳，他们算第一次约会吗？如果算的话，这次约会来得太猝不及防，他们各自一点心理准备都没有。

两人僵持着，兴奋着，喜悦着，激动着，但又不知所措，眼神彼此躲闪。还是孟瑶先打破了僵局："不是说好一个月后见吗，怎么这么早就见面了？"

陆骁有些慌张地回答："我也没想这么早见，可是就这么早见了！不对，不对，我是想着能早点见你，可是没想到这么早就见面了。"

孟瑶听后，忍不住笑出声："你的逻辑好混乱啊！你是想早点见到我，还是不想这么早见我？要是不想这么早见的话，那我就先回去了！”

说完，孟瑶假装转身离去。

陆骁一见，立刻着急了，忙喊道：“等等，我是想早点见到你的。”

孟瑶听到陆骁这么说，便停了下来，开玩笑道：“说说吧，你为什么要见我？”

陆骁被孟瑶这突如其来的问题整蒙了，支支吾吾地道：“见你……见你……也没为什么啊，就是想见你！”

孟瑶说：“就是想见我？不想一起走走，不想送我回去？”

陆骁立刻反应过来，欣喜地说：“想，当然想！能送美女回去，是求之不得的事情！”

两人有说有笑地走出了礼堂。

军训的日子，如同流水般悄然逝去，转眼间，尾声即将来临。

一天早上，阳光照耀着大地，陆骁的教官站在队伍前方，神色严肃地宣布：“今天我们将进行打靶训练及考核，上午是建筑系的同学，下午则轮到中文系的同学。时间紧迫，大家务必把握好机会，打靶成绩将计入你们的总成绩。”

听到这个消息，陆骁心中一怔，他灵机一动，装出一副头昏眼花的样子，教官见状，走到他面前询问：“这位同学，你怎么了？”

陆骁痛苦地回答："教官，我头晕得厉害，可能不能参加今天的训练了。"教官皱着眉头，考虑到训练进度紧张，便同意让他暂时休息。同时告诫他，如果下午身体恢复过来，还有最后一次机会参加打靶，否则成绩将受到影响，甚至可能面临挂科的危险。

听到这里，陆骁心中暗自窃喜。

大学生的打靶训练，是实实在在的荷枪实弹，一旦打不好，后果不堪设想。因此，这样的训练不能在校园内进行，而是要去专门的部队训练场。

下午时分，陆骁早早来到校园乘车处候车，他登上了一辆老式绿色东风敞篷拉练车。车上坐满了中文系的同学。

中文系女生众多，陆骁在这样的环境中，自然成为众人瞩目的焦点。他高大帅气的外表，更是吸引了众多女生，使得他成为女生们心中的"香饽饽"。

陆骁所乘坐的这辆车里，除了孟瑶，还有朱娜，朱娜和孟瑶是同班。她们或许是紧张，或许是矜持，一直没有开口与陆骁交谈。然而，这并没有阻止其他女生纷纷跟陆骁搭讪。

在车上，陆骁表现得非常友善，他与女生们愉快地交流，分享自己在大学的生活经历。尽管朱娜和孟瑶始终保持沉默，但她们的目光时不时地会落在陆骁身上，显示出她们对陆骁的关心和关注。

64 59
63 58

64 59
63 58

打靶场上的紧张氛围，弥漫着整个场地，每一个人都在全神贯注地瞄准靶心。陆骁此次是有备而来，他有意挤在孟瑶旁边，想借此机会拉近两人的距离。

孟瑶每次扣动扳机时，由于心里害怕，都会不自觉地闭上眼睛，紧张得连打两次都打飞了。

陆骁看在眼里，眼看着孟瑶要挂科了，陆骁立马向孟瑶的靶盘补了两枪。

此时，朱娜走过来请陆骁教她打靶："同学，你能不能教我打靶，我不会。"

陆骁坚定地拒绝了朱娜的请求："不能，我没有义务教你，如果想学，去找教官吧！"

朱娜见被拒绝，心生不满，开玩笑地说："你要不教我，我就毙了你！"

说完，朱娜还故意扣动了扳机，结果一不小心，枪走了火。

在场的同学都被这突发状况吓得不轻，面面相觑，不知所措。幸好教官及时出手，才避免了意外的发生。

正当大家准备收拾行囊离去时，天空突然乌云密布，电闪雷鸣，不久，一场秋雨倾泻而下。虽然已经进入了九月底，江南依然炎热，这场雨来得恰到好处，给闷热的空气带来了一丝清凉。

起初，大家还纷纷避雨，然而，在这雨中，中文系的几位男生却显得格外兴奋。不知是谁带了一个足球到现场，他们在雨中尽情地踢了起来。

看着男生们欢快的身影，中文系的女同学们也按捺不住了，纷纷加入这场雨中足球盛宴。雨水给她们带来了无尽的欢乐，让她们在雨中尽情地奔跑、嬉戏。

此时，陆骁邀请孟瑶也一同加入这场欢乐的足球派对。足球场的每一个角落，都充满了欢声笑语，大家都忘记了炎热，忘记了疲惫。

然而，在这场欢乐的盛宴中，朱娜却选择了孤独。

她站在一旁，默默地注视着这场足球比赛，眼中流露出羡慕之情。作为运动爱好者，她本应该加入这场狂欢，但她却选择了旁观，孤独落寞地，流着倔强的眼泪。

若是懂爱的男子

他会让红玫瑰

开出白月光下的浪漫

让白玫瑰

透射出朱砂痣般的温存

若是不懂爱的男子

他会让红玫瑰变成红树莓

进而变成红山果

让白玫瑰变成白牡丹

最后变成白晶菊

part 2

最美神仙游

大学生活，对新生是如此新鲜，逛校园、了解江南人文、吃江南美食，都成了陆骁和孟瑶享受大学生活的一部分。

自古以来，江南就是一块风水宝地，山水相依，人文荟萃。有道是江南自古宝灵地，山好、水好、人好；姑苏由来锦绣池，稻香、花香、书香。

结束了紧张的军训生活后，新生们便迎来了期待已久的十一国庆节长假。对陆骁和孟瑶这两个向往江南的年轻人来说，这个长假，无疑是他们探索江南的最佳时机，平江路、拙政园、狮子林等地，都是他们此次长假必去之处。

然而，在他们心中，最让他们憧憬的地方，还是要数虎丘、山塘老街、沧浪亭等充满浪漫故事的地方。他们期待在这些地方，感受那份独特的美丽与浪漫。

国庆长假的第一天，阳光明媚，微风拂面，他们便兴致勃勃地踏上了游览虎丘的旅程。

虎丘，这个充满神秘色彩的地方，曾经是海湾中一座时隐时现的小岛。沧海变桑田，它最终从大海中崛起，成为一座山丘。

春秋时期，虎丘曾是吴王阖闾的离宫所在地。阖闾去世后，他的儿子夫差将他葬在了这里，其金精化为白虎，蹲坐在墓山上，从此，这座山便被命名为虎丘。

谈及夫差，人们自然会想到那位美丽动人的女子——西施。西施忍辱负重，以身报国，用自己的方式完成了她的使命。

然而，任务完成之后，她却成为亡国的象征，最终遭遇不幸。在虎丘，你还能看到双井，相传这是西施当年洗漱的地方。在那里，历史的痕迹与现代的风景交织在一起，仿佛在诉说着那段遥远的故事。

虽然吴国因西施而灭，但令人感慨的是，吴国人民并没有对她抱有多少恨意。相反，他们更多的是盛赞她的美丽和感叹她的悲惨命运。

陆骁和孟瑶在虎丘漫步，感受着这里的古朴与神秘。每一步都仿佛踏在历史的长河之中，身边的历史气息浓厚，不禁让他们对那些遥远的往事，产生了无尽的遐想。

孟瑶向陆骁提出了一个一直困扰着她的问题，那就是自古以来，人们总是将女性视为红颜祸水，尤其是像西施这样的间谍。那么，为什么人们不去讨厌她，反而会喜欢她呢？

面对孟瑶的疑问，陆骁回答道："自古以来，人们都普遍怜香惜玉、同情弱者，像西施这样楚楚动人、倾国倾城的女子，人们无论如何也不忍心将她视为罪魁祸首，无论如何也不愿意让她背负骂名，甚至不希望她死去。"

孟瑶追问："不愿意她背负如何？不希望她死去又如何？"

陆骁回答："不愿意背负，就把责任都归咎到吴王夫差身上，说他骄奢淫逸、说他横征暴敛，百姓苦不堪言，只有他糟糕了，西施才会显得无辜，显得正义，显得伟大。"

孟瑶提出："那不愿意让她死去，是不是就让她逃了？"

陆骁回答："是的！人们杜撰出，在姑苏城破，吴王夫差被杀之际，西施被她的男朋友范蠡接走，泛舟太湖，从此他们隐居于烟波浩渺的太湖上，过上了神仙般的生活，后人不知其踪迹。

"至今，在无锡还有一个叫蠡湖的小湖泊，是太湖的一个小拐角，据说，是当年范蠡和西施出发泛舟太湖的地方。苏州石湖也有范蠡和西施的传说。他们具体去哪了，不得而知，反正人们就是不想让她死去。"

孟瑶感慨道："哦，真的好像是这样啊，比如梁山伯与祝英台，他们最后虽然殉情了，但是人们不希望他们死去，就让他们化作了蝴蝶飞走。比如，白娘子是妖，原本法海可以把她斩杀的，但是人们觉得那样太残忍，于是就让法海把她关押在雷峰塔里。再后来，人们觉得白娘子被关在里面很可怜，于是就抽取下面的砖，让雷峰塔倒掉。”

陆骁反问：“如果你生在古代，你是更愿意做西施，还是白娘子？你是更喜欢范蠡，还是许仙？”

孟瑶回答：“宫廷侯门的爱情，往往是牺牲品；神仙志怪的爱情，往往没有好结局。做个凡人多好，像一朵细浪，混迹于江湖；像一粒尘埃，徜徉于迷雾。”

陆骁疑惑：“那你是人间清醒，还是人间糊涂啊？”

孟瑶笑道：“哈哈，陆骁，你是揣着清醒装糊涂啊！你想问什么，我还能不知道？”

陆骁笑着回答：“哈哈，知道什么？”

孟瑶深情地说：“我想要的爱情，不必轰轰烈烈，只要真诚隽永就好；我所希望的爱人，不必飞黄腾达，只要真心务实就好！”

陆骁好奇：“那你的意思是说，范蠡不够真诚？许仙不够务实？”

孟瑶大笑：“哈哈哈，贫嘴！如果是你，你是想做范蠡，还是想做许仙？”

陆骁调皮地回答：“我想做法海，收点小妖回家，凑一桌打麻将，正如你说的，做什么神仙志怪，做个普通人多好！哈哈哈！”

美好的一天结束，他们的游玩充满了欢笑和惊喜，傍晚时分，他们回到学校后，在食堂简单吃了点饭，就各自回宿舍休息了，因为第二天还要早起去山塘街。

山塘街，是一条充满江南水乡风情的街道，自古以来便与两位风华绝代的女子紧密相连。她们分别是林黛玉和董小宛。

读过《红楼梦》的人，一定记得这部巨著的开头，是从苏州阊门写起的。书中写道，姑苏城的“阊门，最是红尘中一二等富贵风流之地”，然后写门外的十里街，推出人物来。这里的阊门外十里街，就是指水陆并行的山塘街。据一些红学家的研究，林黛玉的出生地很可能就在阊门一带。

这也就难怪林黛玉，这株将毕生眼泪还给神瑛侍者的仙草，如此风雅卓绝！若是没有苏州这样的文化底蕴给予滋养，或许也不会在小说中那么目下无尘，至情至性。当初，林黛玉从苏州阊门乘船去贾府，也许是姑苏的水韵灵动，才给了林黛玉娇柔似水的性格。

来到山塘街后，孟瑶给陆骁讲着姑苏城、山塘街和林黛玉的故事。陆骁当然也是知道的，他也算是“饱读诗书”之人。不过，说实话，就他俩这“酸劲”，没有几个人能受得住！谁人谈个恋爱，不是在花前月下卿卿我我，而他们却是垂吊名胜、谈古论今，动不动还来个诗文大比拼。

陆骁感慨道："也许这就是贾宝玉和林黛玉的爱情，也许这就是他们的命，也许命里就有对方这么一个人，而别的人，再怎么闯，也闯不进来。真正的爱情，没有什么合适不合适，只有赴汤蹈火的你情我愿，没有什么应该不应该，只有斩钉截铁的无怨无悔。林黛玉和贾宝玉的爱情是水做的，柔弱得像一丛破茅竹，经不住风雨，破碎是必然的。"

孟瑶："你是悲观主义喽？"

陆骁："当然不是！"

孟瑶："贾宝玉和林黛玉的爱情，还是有很多美好的地方的，怎么到你这就这么不堪一击？"

陆骁："大丈夫的爱情，潇潇洒洒，打马天涯啸西风，笑傲江湖煮残阳，豪情无畏，弥足坚定；小男人的爱情，凄凄惨惨戚戚，杨柳岸惜风挽月，梧桐巷追雨悼花，柔情似水，却又易碎。贾宝玉不行，整个就是一块扶不上墙的泥巴！"

孟瑶："哈哈哈，看来你是极度看不上贾宝玉喽？"

陆骁："是这样的！我都不理解曹雪芹怎么写这么个人的，每每拿起《红楼梦》，越看越气人！"

孟瑶："哈哈，那你真是太肤浅啦！曹雪芹塑造贾宝玉，自然有他的用意的，所谓人物角色，都是个符号，他们都是作家思想的承载！"

陆骁："昨天，是谁说要做一个普通人的，只有普通人，才能享受人间至乐，今天怎么就变了？哈哈哈，我不管，我就要做一个肤浅的人！"

孟瑶："哈哈，你想怎么个肤浅法？"

陆骁："小二，给爷看看，这山塘街哪里有什么胭脂粉黛、青楼红院的？爷要去肤浅一把！"

孟瑶："哈哈哈，还把你美的！你这幸亏是生在当代了，这要生在古代，肯定是个花花公子！"

陆骁："哎，你还别说，这古代啊，还真有这么一位花花公子，他就是山塘街故人，号称明末四公子之一的冒辟疆！"

孟瑶："他和董小宛的故事吗，不是挺动人的嘛，他挺专一的啊，怎么会是花花公子呢？"

陆骁："关键是不只董小宛，还有其他很多人，其中最有名的一个是吴三桂的爱妃陈圆圆，一个是顺治的爱妃董年，民间流传，其实董年是康熙的生母！"

孟瑶惊讶道："啊，这还从来没听过，说来听听！"

陆骁："这山塘老街桥多路远，小生已是口干舌燥，如何给小姐说说啊？"

孟瑶："哈哈，好吧，前面有家昆曲茶楼，我们去那儿喝茶吧！"

陆骁：“好啊好啊，小生正有此意！”

孟瑶：“早就看出你的诡计啦，哈哈哈，这男人要是矫情起来，还真没女人什么事！”

陆骁：“矫情吗？”

还没等孟瑶回复，“咿……”陆骁拿着手里的扇子做着昆曲表演状，用昆曲的腔调唱念道，“小姐，请……”

陆骁和孟瑶找了一家昆曲茶楼，便上去附庸风雅了一番。

茶楼内古色古香，充满着浓厚的文化气息。

他们选了一个相对安静的角落坐下，窗外杨柳依依，河上的舟楫往来不断，别是一番江南情调。但他们着实有些听不懂，于是，孟瑶引陆骁去了茶楼一个僻静的地方，她迫不及待地想听陆骁的讲述。

陆骁喝了一大口茶，清清嗓子，开始给孟瑶讲了起来。

话说南京秦淮河畔，有一个媚香楼，也叫来燕楼，现在是李香君故居，是中国现存的唯一青楼遗址。这媚香楼楼主李大娘，本名叫李贞丽，早年她也是江南的一名歌妓，人老珠黄后，便做起了青楼生意。她收养了八位干女儿，分别是柳如是、顾横波、马湘兰、陈圆圆、寇白门、卞玉京、李香君、董小宛，也就是人们常说的“秦淮八艳”。

也许是“生意”做得比较大的缘故，她在苏州山塘也开有分舵，这些歌妓常往返于南京和苏州之间。明崇祯十四年春天，冒辟疆途经苏州，经同乡许直推荐，慕名去阊门外的山塘寓所寻访梨园名伶陈圆圆，两人一见钟情，甚至订下了“嫁娶之约”，无奈冒辟疆急需为身处战乱中的父亲奔走陈情，只能将这门亲事暂且放下。怎料第二年二月，陈圆圆被田弘遇强掠去京城准备献给崇祯帝争宠，未果，又被送给当时的明辽东总兵吴三桂做小妾。

听到这里，孟瑶不禁道：“想不到陈圆圆和冒辟疆也有一段爱情故事啊！那么董小宛和冒辟疆呢？”

陆骁接着道：

这董小宛虽屈居青楼，但琴棋书画全晓，诗词文赋皆通。崇祯十二年（1639），冒辟疆参加乡试落第，从朋友那里得知了董小宛的情况后，便去媚香楼寻访。不料，董小宛却去了苏州，于是，冒辟疆转往苏州，专程跑到山塘拜访，偏不凑巧，董小宛已遨游太湖去了，一时难返。就这样，冒辟疆多次寻访，后来终于在半塘见到了董小宛。但董小宛醉心于山水之间，常受人之邀，游太湖、登黄山、泛舟西湖。此后两年，冒辟疆多次寻访都未得见。崇祯十四年（1641）正月，冒辟疆专程去访董小宛，又不得，这才认识了陈圆圆。

崇祯十五年（1642），正当冒辟疆因陈圆圆被掠而无比悔恨的时候，他在夜游虎丘的途中，偶遇董小宛。董小宛的母亲刚刚去世，又同样遭受劫掠骚扰，正卧病在床。冒辟疆的到来，让她感到温暖，两人相谈到深夜，互诉衷肠，董小宛有了以身相许的想法。

那一年冬天，在柳如是的斡旋下，由钱谦益出面出了一千金的赎身费给董小宛赎身，然后雇船将她送到如皋。崇祯十六年（1643）春，董小宛与冒辟疆“有情人终成眷属”。

孟瑶：“哈哈哈，这冒辟疆真是个多情的种啊，那他跟董年又是怎么回事？他怎么又跟康熙扯一起了？”

陆骁见孟瑶听得起劲，便接着道：“董年是董小宛的妹妹，亦为秦淮绝色，这个嘛，机密，有待日后再讲……”

孟瑶：“你就卖关子，哈哈……”

陆骁神秘兮兮地告诉孟瑶：“我还听说一个传闻呢，说冒辟疆可能就是曹雪芹。董小宛和林黛玉之间，也有着千丝万缕的联系哦。”

孟瑶瞪大了眼睛：“真的吗？我怎么没听说过？”

陆骁得意地笑了笑：“这可不是空穴来风，红学专家都有研究呢！我父亲是个红迷，他有个好友，上海某知名大学的教授，这些可都是教授多年的研究成果哦！”

孟瑶惊叹道：“这可真是个大新闻！”

陆骁继续发挥：“其实想想也有道理。你看，《红楼梦》里的贾宝玉，那不就是个风流倜傥的公子哥儿吗？如果曹雪芹或者冒辟疆没有经历过红尘的洗礼，又怎么能写出那么经典的作品？”

孟瑶若有所思地点点头：“嗯，你说得有道理。”

孟瑶打趣道：“哈哈，这么说来，花花公子也不是一无是处嘛！”

陆骁摆摆手：“哈哈哈，他们这叫以身试情，以身悟情，以身传情！”

孟瑶笑得更欢了：“你这是在为他们开脱啊！”

陆骁正色道：“其实，每个人的一生都会遇到不同的人，经历不同的事。一个人一旦有了刻骨铭心的爱情，即使后来遇到的人再好，也总会带着前人的影子。这就像导演拍电影，每部电影都有他独特的风格，但也都是对第一部电影的延续和创新。”

孟瑶深有感触地说："正所谓，有一种爱情，叫作望一眼，便是一辈子。"

陆骁点头："没错，但每个人的选择和经历都不同。在当代社会，如果一个人同时和多个人谈恋爱，那确实是不负责任的。但在古代，人们的恋爱观和婚姻观有着独特的体系，我们不能简单地用现代的标准去评判他们。"

孟瑶好奇地问："哦？怎么个独特法，说来听听？"

陆骁接着道："在古代，老婆一般到了三十岁左右都会对老公说，官人，你我年龄也不小了，你也该娶个小的了，要不左右邻舍肯定说我不懂事。这时，一般情况下，老公都会故作镇定，埋头看书，头也不抬地说，没见我天天这么忙，哪有空想这事儿。这时，老婆就会说，要不我帮官人相一个，官人若是看中了就点个头，剩下的我去操办行不行？而老公仍然不抬头，勉为其难地道，那你就看着办吧……"

哈哈哈，两人都笑到肚子疼。

大学在市区的好处，就是只要一有空，就随时可以出来转转，第三天他们来到了沧浪亭。

沧浪之水清兮，可以濯吾缨；

沧浪之水浊兮，可以濯吾足。

沧浪亭，位于江苏省苏州市城南，是苏州最古老的一所园林，始建于北宋庆历年间，北宋集贤院校理苏舜钦在汴京遭贬谪，翌年流寓吴中，以四万钱买入吴越国王的贵戚孙承佑的废园。他在北碕筑亭，命名“沧浪亭”。

苏舜钦常驾舟游玩，自号沧浪翁，作《沧浪亭记》。“迹与豺狼远，心随鱼鸟闲”，他常与欧阳修、梅圣俞等作诗唱酬往还，从此沧浪之名传开。

自苏舜钦之后，沧浪亭几经易主，数次荒废又复兴，南宋初年曾为名将韩世忠的住宅，至清朝时为沈复和芸娘的寓所。

“清风明月本无价，近水远山皆有情”，是沧浪亭的一副对联，位于园中山上。上联为欧阳修所作，下联为苏舜钦所作，同时也是后世沈复和芸娘的爱情写照。

陆骁和孟瑶饶有兴趣地听导游讲解了沈复和芸娘的爱情故事。

乾隆四十年（1775），十三岁的沈复随母在外婆家，第一次见到了他为之心动一生的女子——姨娘家表姐陈芸。陈芸容貌娟秀，才思动人，叫沈复神往。两人青梅竹马，两小无猜，多日相处的美好记忆，化为一颗爱情的种子，埋进了少年沈复的心中。

古时候，近亲结婚是很普遍的，甚至还有句谚语叫“姑舅亲，辈辈亲；姨表亲，还是亲”。于是，沈复想迎娶陈芸的想法，很快便得到了两家的同意和支持。

沈复和芸娘，是真正的相遇即相知，相见即相爱。当初沈复出痘，芸娘想让神灵保佑沈复快快好起来，遂保持着吃斋的习惯，一直未改。

婚后的生活，沈复与芸娘相亲相爱，从未脸红争吵过，不过二人之间的相互调笑却从来不少。他们兴趣相投，时常共同谈论古往今来的文章诗词，李白、李清照常为他们的座上谈客。

“士为知己者死，女为悦己者容。”世界上最幸福的事，莫过于有一个知己一样的爱人，两人在生活中相互理解扶持，在爱好上互相切磋交流，既不流于热闹嘈杂，又不失于落寞孤寂。

沈复和芸娘这对恩爱夫妻，就正是此中的绝佳典型。

波澜不惊的水面，往往暗藏玄机；漂亮美好的事物，往往潦草收尾，这似乎是冥冥之中注定的。后来，芸娘因病去世，沈复孤零一人，失去芸娘的沈复，百无聊赖。不久又接连遭遇了丧父、丧子之痛，人到中年，受到命运的接连打击，心如死灰，痛苦不堪。后随人入山东，不知所终。

沈复把自己和芸娘的爱情故事，写成了一本书叫《浮生六记》，后来，被人从一个旧书摊上翻找出来。沈、芸二人的爱情佳话，从此走进了大家的视野。“浮生”取一生浮荡不定之意，源自李白《春夜宴从弟桃李园序》中“浮生若梦，为欢几何”。

导游讲解完后，陆骁和孟瑶被沈复和芸娘的爱情故事深深打动。

陆骁道，“真的是浮生若梦啊，几个月前，我还在山东老家，谁能想到几个月后，我却在江南认识了你！”

孟瑶道，“梦有时候是虚幻的，有时候也是真实的，就看你的心里怎么认为；梦有时候是遥远的，有时候也近在眼前，就看你能不能抓得住。”

陆骁：“这世间的事，往往不受个人意志的控制，但有时又因为我们的坚持而改变。譬如，如果不是我的邀请，我们就不可能来到这里；而我邀请了你，你也未必会答应。人生充满了未知，谁也不知道未来会是什么样子。”

孟瑶：“这人生啊，如这沧浪之水，晃晃悠悠来，晃晃悠悠去，你可曾见过它的昨日，又可曾见过它的明日？它的昨日和明日，与我们有何干？我们只需欣赏好它的今日便好！”

陆骁：“你这么说，芸娘去世后，沈复只需过好自己的生活就好了，没必要去一直守候这份爱情了？”

孟瑶：“是这样的，沈复和芸娘一见钟情，相亲相爱，他们彼此未曾负过对方。芸娘去世后，沈复是应该要寻找一份新的爱情，人生嘛，就像这沧浪之水，总得往前走，不能停滞不前。”

陆骁听了孟瑶的见解，忍不住笑了：“哈哈，看来你对人生的理解颇深啊！”

孟瑶也笑了：“人生短暂，我们都在不断地学习、成长和领悟。每个人对生活的理解都会有所不同，但归根结底，我们都希望在这短暂的一生中，过得充实、快乐。

“是啊，在这个瞬息万变的世界里，我们都是生命的过客，每个人都有自己的使命和归宿。我们无法预知未来，也无法改变过去，唯一能做的，就是珍惜眼前的每一刻，用心去感受生活的美好。正如那沧浪之水，不论曲折还是坦途，都要勇敢地向前，不畏艰难，不惧失去，把握生活中的每一个契机，让生命之花绽放出最耀眼的光芒。

“在爱情这道难题面前，我们更要学会释怀和勇敢。当一段感情成为过去，我们不必纠结于逝去的美好，而是要勇敢地去面对现实，寻找新的幸福。人生就像那沧浪之水，总会有波澜壮阔的时刻，也会有平静如镜的时光。我们要在每一次的起伏中，学会成长，学会珍惜，让心灵变得更加宽广和坚强。”

孟瑶接着道：“哈哈，话虽如此说，可是又有几个人能做得到呢？不是有句话说得好吗？问世间情为何物，直教生死相许！感情这东西，拿起容易，放下并不容易！”

陆骁：“如果是你，你能放得下，还是放不下？”

孟瑶：“我也不知道，也许只有碰到了才知道，就看爱得有多真、爱得有多深了。”

陆骁：“如果结果是这样，我宁可不要爱情，看看芸娘死后沈复的样子，太吓人了！”

孟瑶：“爱情这东西，不是你想要就有，也不是你不想要就没有，它精怪得很，我们左右不了它，只能坦然接受。”

陆骁：“都说大学时代的恋爱是很美好的，很值得回忆的，那你是期望得到爱情，还是不期望得到爱情？”

孟瑶：“呃，你呢，你是怎么想的？”

陆骁：“我先问你的！”

孟瑶：“呃，这个……我才不上你的当呢，你竟给我挖坑！”

陆骁：“哈哈哈！”

两人走到了一个亭子里，亭子上的对联引起了他们的注意。

孟瑶："陆骁，你看这副对联，跟你那会儿问的问题一样。"

未知明年在何处

不可一日无此君

陆骁看后，吟念了一遍，尤其下联又反复吟念了两遍。这时，他下意识地看了眼孟瑶。他发现孟瑶也在看他，两人目光相对，有些尴尬。

也许很多到过苏州的人，内心深处的记忆都是从唐代张继的那首《枫桥夜泊》来的。

月落乌啼霜满天，江枫渔火对愁眠。

姑苏城外寒山寺，夜半钟声到客船。

自从到了苏州，陆骁心心念念想要去寒山寺，这一天他们终于了了心愿，来到了寒山寺。寒山寺的历史，可以追溯到唐代。

相传，寒山是唐代的一位著名僧人，他的生活充满了传奇色彩。据说，寒山因为不满当时寺院内的某些规定，离开了原居住地，最终到达苏州，并在那里结识了拾得。两人共同研究佛学，探讨人生哲理，成为著名的得道高僧。

寒山和拾得在佛学、文学上的造诣都很深，他们俩常一起吟诗作对、参禅问答。

寒山问：

世间有人谤我、欺我、辱我、笑我、轻我、贱我、恶我、骗我，如何处治乎？

拾得云：

只是忍他、让他、由他、避他、耐他、敬他、不要理他，再待几年你且看他。

寒山又问：

还有甚诀可以躲得？

拾得复云：

我曾看过弥勒菩萨偈，你且听我念偈曰：

有人骂老拙，老拙只说好；
有人打老拙，老拙自睡倒。

涕唾在面上，随它自干了，
我也省气力，他也无烦恼。

这样波罗蜜，便是妙中宝。
若知这消息，何愁道不了？

苏州城西外，倒是有不少山的，比如，狮山、虎山（虎丘）、索山、穹窿山、太平山等，而在这众山中，唯独这寒山例外，它是因为人而得名，不是因为山，这让陆骁和孟瑶有些吃惊。

这是他们第一次到寺庙。寺庙的肃穆，着实可以让人心灵净化，精神放松。

其实，人世间的很多痛苦，都是来自我们的执念，执念越深，我们的痛苦就越大。也许，只有放下，才是唯一的办法和途径。

放下执念，云开雾散；
放下名利，尘心明净。

放下过往，不有所累。

放下生死，得大自在。

放下不是出家，

凡大修行者，皆无在家、出家之说；

放下不是消极，

养心、养智、养慧，大智、大勇、无畏；

放下是一种人生智慧，

一阴一阳谓之道，举重若轻是方法；

放下是一种生命境界，

心生喜悦，梵花盛开；心灵明净，便得自在。

寒山寺不大，一两个小时就走出来了，时间还早，他们路过西园寺，便去了那里。

进到西园寺后，陆骁和孟瑶才知道，这里是求姻缘的地方。对陆骁和孟瑶来说，两个人恋爱关系都还没确定呢，何来的姻缘之说？他们并没有像其他善男信女那样，充满热情地来此寻求姻缘，但西园寺的猫咪们，却引起了他们的好奇心。

陆骁和孟瑶在寺庙的后院购买了一些猫粮，找了一个空旷的地方喂食猫咪。不一会儿，许多猫咪都聚集了过来，他们俩被猫咪们围在中间，仿佛成了猫王。

不知不觉已经到了下午，他们准备离开这里。

这时，陆骁想去洗手间，于是，他让孟瑶帮忙看管行李。陆骁离开后，孟瑶觉得有些无聊，她看到不远处有一个许愿墙，便决定过去许个愿。她领取了一个许愿牌，思考了一下，然后写下了自己的心愿，将其挂在墙上。

就在孟瑶许完愿后，陆骁回来了。他好奇地问："你在做什么？"

孟瑶回答："我许了个心愿！"

陆骁兴奋地说："快，让我看看，你许了什么心愿！"

孟瑶却摇了摇头："不能看啦，看了就不灵了。"

陆骁笑了笑，说："好的，那过几年我们有时间再来这里，看看你许的愿望是否实现了。"

孟瑶点了点头。

两人带着对未来的期待离开了西园寺，他们心中都对这段感情充满了信心。而那些可爱的猫咪，也成了他们心中永远的回忆。

在回去的路上，他们坐在公交车上，陆骁脑子里充满了疑问，他一直在思考，孟瑶许的心愿究竟是什么。好奇心驱使着他，忍不住开口问道："唉，孟瑶，你该不会许的心愿是期末考试全部考优秀？"

他一边说着，一边观察着孟瑶的反应。孟瑶笑着摇头道："不对啦，西园寺不是求学的！"

一听这话，陆骁立刻来了精神，他瞪大眼睛，紧接着提出了另一个猜测："那你该不会许愿，将来要找一个又老又丑的老头吧？"

这次，孟瑶笑得更加欢畅，她调皮地回应道："我许愿你将来找一个又胖又丑还厉害的老太婆！"

这时，坐在前排的阿婆转过身，白了他们一眼，随即，坐在旁边的阿公也转过头，白了他们一眼。之后，便将胳膊搭在了阿婆肩上，道："别跟年轻人一般见识！"

陆骁和孟瑶没想到一个不经意的玩笑，却伤到了前排的一对老夫妇。

两人顿时涨红了脸，面面相觑，羞愧难当，但是，当看到老人恩爱的样子后，感觉他们并没有特别生气，心中才有了些许安慰。

第五天，他们相约去春水古镇，春水古镇离学校还是比较远的，靠上海地界就五公里。为了当晚能赶回来，他们一早就出发了。

江南好，风景旧曾谙。
日出江花红胜火，春来江水绿如蓝。
能不忆江南？

春水古镇取意自这首古诗。虽说现在是秋天了，但江南依旧没有萧瑟之感。春水古镇，是典型的江南水乡，小桥、流水、人家，白墙黛瓦、垂柳依依，仿佛是一幅流动的水墨画，温婉而恬静，令人无限向往。

清晨，当第一缕阳光洒落在古镇的青石板上，整个古镇仿佛被唤醒。古镇的街道两旁，古老的店铺依稀可见当年的繁华。漫步其中，仿佛能听到历史的回声，感受到岁月的流转。

古镇的小河蜿蜒曲折，河水清澈见底，河面上漂浮着几片荷叶，偶尔还有几只小鱼在水中嬉戏。河边的垂柳轻拂着水面，仿佛在诉说着古镇的悠悠岁月。小桥横跨在小河上，连接着古镇的每一个角落，仿佛是一个个历史的见证者。

古镇的建筑风格独特，古色古香。每一座房屋都透露出浓厚的历史气息，仿佛在向人们展示着古镇的辉煌与沧桑。古镇的居民们生活节奏悠闲，他们或在小河边垂钓，或在店铺前聊天，享受着这份宁静与和谐。

江南水乡古镇的美，不仅仅在于它的自然风光和古朴建筑，更在于那份宁静与和谐的生活氛围。这里的人们与自然和谐相处，共同创造着这份安宁。在这里，人们可以暂时忘却尘世的喧嚣与繁忙，享受悠闲的生活。

陆骁和孟瑶漫步在古镇的街头巷尾，仿佛置身于一幅古老的画卷之中。人在画中游，人是画中景，这是一种极其曼妙的人生之旅。在这样的旅途中，他们的关系在慢慢拉近，他们的感情在渐渐升温，彼此间的交谈愈发亲切和自然。

孟瑶带着玩笑的口吻，向陆骁提问道："陆骁，有两种女人，一种是妈妈型的，很体贴，很会照顾人，会把男人照顾得非常周到，和这样的女人在一起，你会感觉到强烈的被爱；还有一种是妹妹型的，很胆小，很害羞，非常依赖男人，和这样的女人在一起，你会激发自己男人的个性的显现，你喜欢哪一种？"

陆骁略加思索后，道："我喜欢……我喜欢像你这样的那一种！"

听到这个回答，孟瑶开心地笑了起来。她接着问："还有两种女人，一种是很丑，但很温柔；一种是很漂亮，但很彪悍。你喜欢哪一种？”

陆骁道：“我喜欢第三种，很漂亮，但也很温柔！”

孟瑶点点头，似乎对陆骁的回答很满意。她接着问：“也有两种女人，一种是你很爱她，但她不爱你；一种是她很爱你，但你不爱她。你选择哪一种？”

陆骁认真地回答道：“我会让我爱的女人也爱我，让我不爱的女人去爱别人。”

孟瑶：“正如张爱玲所说，也许每一个男子都有这样的两个女人，一个是红玫瑰，一个是白玫瑰，娶了红玫瑰，久而久之，红的变了墙上的一抹蚊子血，白的还是‘床前明月光’；娶了白玫瑰，白的便是衣服上的一粒饭粘子，红的却是心口上的一颗朱砂痣。你是想娶红玫瑰，还是想娶白玫瑰？”

陆骁：“我想娶紫罗兰，她充实了我的生活，萦绕着我的梦。”

孟瑶：“也许每一个女子的灵魂中，都同时存在红玫瑰和白玫瑰，你是喜欢她红玫瑰的一面，还是白玫瑰的一面？”

陆骁：“我觉得，若是懂爱的男子，他会让红玫瑰开出白月光下的浪漫，让白玫瑰透射出朱砂痣般的温存；若是不懂爱的男子，他会让红玫瑰变成红树莓，进而变成红山果，让白玫瑰变成白牡丹，最后变成白晶菊。”

孟瑶："哈哈哈，陆骁，绕来绕去，你还是以貌取人了。"

陆骁："哈哈，也不是了，灵魂也很重要。"

孟瑶："用时髦的话说，就是欣赏一个人，始于颜值，敬于才华，合于性格，久于善良，终于人品，是不是这样？"

陆骁："是这样！"

孟瑶："那不就是以貌取人嘛！"

陆骁："嘿嘿！"

孟瑶："原来这人性啊，真的是经不起窥探！唉，你们男人都一样，都是好色之徒！世上没有一个女子，是因为她的灵魂美丽而被爱的！"

陆骁："哎，孟瑶，你看这朵花好看吗？"

孟瑶："好看！"

陆骁："还说我们男人呢，你们女人不也一样！"

哈哈哈。

陆骁："不能你总问我，也得我问你几个问题？"

孟瑶："好，那你问吧！"

陆骁："有人说，女人都是水波上的白月光，不是诗，就是书，够你一辈子去品，须你一辈子去读。那你到底是诗呢，还是书？"

孟瑶："那得取决于爱我的人的态度，他用诗人的情怀去品，我便是诗；他用艺术的眼光去读，我便是书。"

全心全意為人民服務
法古今完人
養天地正氣

陆骁："有人说，女人都是百变的，一会儿天上的云，一会儿地上的雨，连喜欢的类型，都是千奇百怪的。孟瑶，你是如何理解很多人喜欢《西游记》里的猪八戒，而不喜欢唐僧和孙悟空的；你又是如何理解《射雕英雄传》里的穆念慈喜欢杨康的？"

孟瑶："你知道杨不悔的故事吗？这世上，你见过许多痴情的女子，你又见过几个痴情的男子？在爱情面前，几乎世间所有的女子都是情痴，她明明知道前面是悬崖，她也会去跳；明明知道面前是毒酒，她也会去喝。爱情，无关高下，只关乎道德和纯真。爱的人，只要真诚就好；被爱的人，不被亵渎便可。人世间，哪有那么多的美好，互相不辜负，便是最好了。"

孟瑶："陆骁，能问你一个私密一点的问题吗？"

陆骁："好啊！"

孟瑶："你是如何理解女人的呢？"

陆骁："那你又是如何理解男人的呢？"

孟瑶："每一个女人，都是一只蝴蝶，都是从前一朵花的精魂，是花的前世，来会见此生。"

陆骁："那，那，那……"

孟瑶："那什么……"

陆骁："那每一个男人，也是一只蝴蝶，是前世一朵花的守护，也是今生红尘里的陪伴。"

孟瑶："为什么这么说？"

陆骁："它是追寻那只蝴蝶来的呀！"

孟瑶："哈哈，真有你的！"

陆骁："嘿嘿。"

孟瑶："这女人啊，一辈子讲的是男人，念的是男人，怨的是男人，就像个魔咒。"

陆骁："这男人啊，一辈子都离不开女人，成也在女人，败也在女人，竟成了定律。"

孟瑶："什么定律？"

陆骁："英雄难过美人关！"

孟瑶一时竟说不出话来，有些害羞。

陆骁："谢谢你，孟瑶，你若安好，便是晴天。"

孟瑶："也谢谢你，陆骁，你若盛开，蝴蝶自来！"

这时有游客路过，破坏了他们的兴致。

陆骁和孟瑶一边穿梭在古镇的巷子里，一边继续聊着。

陆骁："那你毕业后，准备去哪工作，回老家，还是留在这里？"

孟瑶："我毕业了想去上海！"

陆骁："为什么呢？"

孟瑶："我喜欢街道两旁的梧桐牵手成荫的样子，喜欢紫罗兰爬上铁栅栏的感觉，喜欢繁华里的宁静，喜欢跟随民国奇女子张爱玲的足迹，去感受大上海的魅力。喜欢在下班或周末的午后，在街角的咖啡馆，拿本书，续杯咖啡的温暖，享受快乐并惬意的时光。那你呢，陆骁？”

陆骁：“毕业了，我也想去上海！我感觉每天提着公文包，进出陆家嘴摩天大楼的感觉，特别好！”

孟瑶：“那不错哈！那我以后就可以经常找成功人士蹭饭啦？”

陆骁：“那我也可以，给经常找文艺女神，蹭咖啡了。”

孟瑶：“好，一言为定！”

陆骁：“一言为定！”

一会儿，过了古镇富安桥，走过那层层叠叠的青石板，在一个转弯处，陆骁和孟瑶路过一家陶笛店。这家陶笛店，名叫“感恩陶笛”店。

生而为人，我们感恩天地，感恩国家，感恩父母，也要感恩陪伴我们一生的爱人。这家陶笛店的背后，便藏着这样一个感人、浪漫的故事。

话说，这家陶笛店的店主，是一对恩爱夫妻。早年他们恋爱，却被家里人反对，他们排除万难，终于在一起。

婚后不久，男人创业失败了，债台高筑，一时间心灰意冷，有了轻生的想法，女人不但没有嫌弃责备他，反而勇挑重担，起早贪黑打各种工，帮丈夫还债。丈夫被妻子的举动所感动，渐渐也恢复了生活的信心。

后来，他们终于还清了债务，女人积劳成疾，病倒了，生命垂危。男人不离不弃，带着妻子到全国各地，遍寻名医奇方，最后终于从死神那里拽回了女人。

相识二十多年来，他们哭过，吵过，闹过、绝望过，但是他们始终没有放弃、抛弃过对方，即使是在最困难的时刻，他们也感恩遇到彼此，感恩对方给了自己生命的动力和希望。

他们为了感恩对方，便在古镇开了这家名为“感恩”的陶笛店，他们在这里，一边维持着他们的生计，一边厮守着他们的爱情，每天用音乐传达自己对对方的爱意。

是啊，人世间还有什么比他们的感情更珍贵的吗，还有什么比他们的爱情更浪漫的吗？

我们说，亲情、友情和爱情，是人世间最珍贵的三种感情，也是最宝贵的三笔财富。

所谓亲人，就是在你困惑，甚至绝望的时候，能给你以停靠和休憩的港湾，让你休养生息、重整旗鼓，再次起航的人；

所谓朋友，就是在你最需要的时候，帮助你，成全你，帮你完成心愿、实现梦想的人；

所谓爱人，就是在你困难，甚至垂危的时候，你扶我一把，我扶你一把，相携走过这摇摇晃晃人世间的人。

孟瑶很早就听说，在春水古镇，有这么一家陶笛店，有这么一个感人的爱情故事，没想到他们还真碰到了。

孟瑶被陶笛店优美的乐曲声吸引了过去，陆骁以为孟瑶还在听他说话。当陆骁和孟瑶都回过神来，他们已被冲散在了人流里。

陆骁大声喊孟瑶，孟瑶也在呼唤陆骁，可是国庆节长假人流量大，人声嘈杂鼎沸，他们的呼唤声淹没在了人声中。

孟瑶来到他们刚刚下船的地方。孟瑶问船娘："阿姐，您有没有看到刚才跟我一起坐船的那个男生？"

船娘回答道："没有。"

这时，陆骁刚好到了桥上，他在桥上看到了孟瑶。

陆骁跑向孟瑶，孟瑶见陆骁很在乎自己，非常开心。

孟瑶开玩笑道："如果有一天，你找不见我了，你该怎么办？"

陆骁回答道："我就在这里等你回来！"

傍晚时分，夕阳洒在古镇的街道上，将整个古镇染成了金黄色。此时的古镇仿佛被赋予了新的生命，散发出迷人的魅力，陆骁和孟瑶依依不舍地离开了古镇，返回学校去了。

牵手

是一件很幸福的事情

牵着你的手

我就会感觉

拥有了全世界

part 3

人生第一次

十一国庆长假，陆骁和孟瑶出去游玩，遍访名胜古迹，而朱娜也没有闲下来。

朱娜是一个充满活力与激情的女孩，总是有着自己的想法和追求。她约上了自己的三个“死党”朋友，一起去了学校门口那家熟悉的三笛小酒吧。这里的环境温馨而舒适，她们经常在这儿聚会。

朱娜坐在酒吧的角落，眉头紧锁，一脸疑惑。

她不解地问道：“我就想不明白，孟瑶有什么好？个头不高，胸平得像飞机场，陆骁到底喜欢她哪一点？”

蒋琨笑了笑，道：“这男人啊，你就不懂，他们都是纸老虎，都是狐假虎威。表面上看起来坚强，其实内心很容易动摇。”

张惠惠接道：“对的，男生都是禁不住追的，你只要用心去追他，一定能追上！别担心。”

赵雨霞补充道：“不是有句话说得好嘛，男追女，隔座山；女追男，隔层纸。只要你勇敢地跨出那一步，成功就在眼前。”

朱娜听后，倍受鼓舞。她拍了一下桌子，坚定地说："从今天起，追逐陆骁姐妹花四人组正式成立了，你们做我的坚实后盾，事成之后，姐必有重谢！"

"好！"众人齐声回应。

在那个年代，手机还未普及，人们的日常沟通并不像如今这般便捷。因此，书信仍然是人们与远方朋友保持联系的主要方式。

书信不仅仅是一纸简单的文字交流，更是情感的传递和心灵的纽带。每一封信都承载着寄信人的无尽思念与期待，被邮差送到收信人的手中，仿佛带着一份特殊的温度与情感。

一天下午放学后，阳光洒在学校的每一个角落，给这个古老的校园增添了几分温暖。陆骁像往常一样，径直来到学校的信房，准备领取自己的信件。就在这时，姗姗也走了进来。姗姗的全名叫迟姗姗，估计是印证了姗姗来迟这个词的意思，不论做什么事，总是来迟。

迟姗姗是孟瑶的同班同学，也是她同寝室的室友，更是她的好闺蜜，平日里两人往来密切，所以陆骁还是知道的，加上之前军训打靶时，陆骁和她们班同学踢过球，所以他们也是认识的。

姗姗走到自己班级的信箱前，取出信，然后轻轻叹了口气：

“唉，又是孟瑶的信。”

陆骁听到这句话，心中不禁产生了一丝好奇。他走上前去，问道：“孟瑶的信？”

姗姗点点头，微笑着道：“是啊，她几乎每周都能收到信呢。”

陆骁不禁感到有些惊讶，他疑惑地问道：“是她父母给她写的吗？”

姗姗摇了摇头，轻声说道：“不是，基本都是她的同学写的。”

听到这里，陆骁一怔，但没有多想。

夕阳西下，天边被晚霞染成了金黄色，整个校园都被这温暖的余晖所笼罩。陆骁、黄秋刚、孙美俊以及曾肇晖四人结束了忙碌的一天，正准备走出学校大门，去享受属于他们自己的愉快课后时光。

他们谈笑风生，这时，一辆耀眼的红色保时捷缓缓驶入了他们的视线。这辆车的出现，立刻引起了周围众多目光的注视。车门轻轻打开，一个身穿火红长裙的女孩优雅地走了下来。她就像一朵盛开的花朵，在夕阳的映衬下更加耀眼夺目。

这个女孩名叫朱娜，为了今天这个特殊的日子，她特意精心打扮了一番，希望能给陆骁留下深刻的印象。她走到陆骁面前，脸上洋溢着微笑，眼中闪烁着期待的光芒。

“陆骁，今天是我的生日，”朱娜轻声说道，“我想请你一起吃饭，庆祝一下。不知道你是否有空？”

面对朱娜的邀请，陆骁并没有表现出太多的热情。他只是淡淡地看了朱娜一眼，然后轻轻地摇了摇头，没有作声。接着，他转身与黄秋刚、孙美俊以及曾肇晖一起离开了，仿佛没有注意到朱娜失落的神情。

朱娜站在原地，心中涌起一股莫名的失落感。她本以为自己精心准备的生日邀请能够得到陆骁的回应，至少是一个微笑或者一句祝福。

不过，朱娜并没有因此气馁。她知道，爱情原本就是一场冒险，没有粉身碎骨的勇气，哪来抵达巅峰的喜悦！朱娜已经做好了准备。她决定继续追求陆骁，不管结果如何，至少她努力过，就不会留下遗憾。

于是，朱娜深吸了一口气，调整了一下自己的长裙，重新振作起来。她转身走向了那辆红色保时捷，准备离开。

姗姗取完信后，把信递给了孟瑶。

孟瑶展开信纸，一行行字迹映入眼帘。她认真地阅读着，脸上时而露出微笑，时而露出沉思的神情。

读完信后，孟瑶深吸了口气，然后坐下，展开一张新的信纸，准备回信。她知道，现在对杨宇来说，最重要的是高考。

孟瑶写道：“杨宇，你现在不要多想，你现在首要的任务就是高考。相信自己，你一定能考上！加油，相信你！”

她的字迹坚定有力，仿佛在为杨宇加油鼓劲。

陆骁被黄秋刚拽进了学校附近一家古色古香的餐厅包间。

陆骁刚踏进门内，就感受到了一股不同寻常的气氛。房间里，灯光昏暗而柔和，营造出一种浪漫而神秘的氛围。

坐在桌子旁的是朱娜的三位同学——蒋琨、张惠惠、赵雨霞，她们的表情也都显得格外严肃，似乎正在等待什么重要的时刻。

陆骁眉头微皱，他感到有些不对劲。他看向黄秋刚，想询问到底发生了什么，但黄秋刚只是对他摇了摇头，示意他少安毋躁。

就在这时，蒋琨突然拍了两下手掌，整个房间的灯光随之暗了下来。一名服务员推着一辆载有精美蛋糕的车子，缓缓走了进来。蛋糕上点缀着烛光，散发出诱人的香甜气息。

紧接着，一道倩影优雅地走入了房间。那是朱娜，她身着一袭洁白如雪的公主袍，宛如童话中的公主。她的脸上带着羞涩和期待的表情，目光坚定地看向陆骁。

朱娜走到陆骁面前，深吸了一口气，然后认真地说道：“陆骁，做我男朋友吧，我是真心喜欢你！”她的声音虽然不大，但充满了真诚和热情。

这一刻，整个房间都陷入了寂静。陆骁感到一阵尴尬和困惑，他没想到朱娜会在这里、以这种方式向他表白。他感到有些手足无措，不知道该如何回应。

而朱娜却似乎并不在意陆骁的反应，她继续说道：“我知道这对你来说可能很突然，但我已经想了很久了。我觉得你是一个勇敢、善良、有责任心的人，我很欣赏你。我希望能够和你在一起，共同经历人生的喜怒哀乐。”

朱娜的话语中，充满了真挚的情感和期待。她似乎为了这一刻已经准备了很久，甚至不惜借助同学们的帮助来制造这个浪漫的氛围。然而，她却没有料到陆骁的反应会如此冷淡。

陆骁看着朱娜那充满期待的眼神，心中却感到十分反感。他觉得这种被同学“出卖”的感觉非常不舒服，同时也对朱娜的表白感到有些无奈。他并不想伤害她的感情，但也不希望因此而被迫接受一段感情。

于是，陆骁淡淡地看了一眼朱娜，说道：“幼稚。”然后，他转身就准备离开这个让他感到压抑的房间。

黄秋刚等几位男同学见状，也纷纷站起身，跟随陆骁离去。

朱娜眼含泪水，她没想到自己的表白，会得到这样的回应。她感到心痛和失望，不明白为什么陆骁会如此冷漠地拒绝她。她甚至开始怀疑自己的价值和魅力，觉得自己是不是真的太幼稚了。

蒋琨、张惠惠和赵雨霞三位女同学，纷纷围上来安慰朱娜，试图让她振作起来。蒋琨轻轻拍了拍朱娜的肩膀，说道："朱娜，别灰心，我们会永远支持你，你是我们中最坚强的。"她的语气中充满了鼓励和关爱。

张惠惠也附和道："是啊，朱娜，咱们每天去他们宿舍楼下等他，一定能让他感动。"她的话语中透露出一股坚定和执着，仿佛在为朱娜打气。

赵雨霞也鼓励道："是人就会有感情，我们相信你一定能打动他。"她的声音柔和而坚定，让朱娜感到了一丝希望。

又一日，傍晚时分。

陆骁正忙碌地换衣服，收拾行头准备出门。

他满怀期待和紧张，因为今晚他有一个重要的约会——和孟瑶见面。

就在这时，朱娜和几个朋友抱着一束鲜花来到了宿舍楼下。她们的到来，立刻引起了一阵骚动，同学们纷纷探出头来看热闹。

蒋琨、张惠惠和赵雨霞等人站在一旁助阵，一起大喊：“308，308……陆骁……”

她们的声音响彻整个宿舍楼，让陆骁等人感到一阵惊讶。

黄秋刚和孙美俊赶紧跑到窗户边查看情况，见是朱娜来了，赶紧通报给陆骁。

陆骁心中一阵无奈，他万万没想到朱娜会如此执着，竟然追到这里来表白。他感到一阵头疼，不知道该如何应对。

黄秋刚和孙美俊见状，便开始给陆骁出谋划策。

黄秋刚道：“老大，你说你，人家朱娜多好的姑娘，长得漂亮，性格又开朗，你怎么就……”

他的话还没说完，就被陆骁打断了：“她那么好，你怎么不和她在一起？”

黄秋刚苦笑着道：“我……我倒是想，就是人家朱娜看不上我！”

眼看着朱娜她们越喊越起劲，陆骁心里越发着急。他一边担心朱娜会做出更过激的举动，一边又惦记着和孟瑶的约会。他知道自己不能迟到，否则就会在孟瑶心中留下不好的印象。

朱娜和蒋琨她们见陆骁一直不应答，便开始有些不耐烦。蒋琨大吼一句："缩头乌龟！咱们上宿舍找他去！"

于是，朱娜和蒋琨她们一起冲进了男生宿舍楼。这一幕正好被正要下楼的曾肇晖看见，他见状后赶紧跑回宿舍报信。

曾肇晖气喘吁吁地跑回宿舍，对陆骁等人说："不好了，朱娜她们冲上来了！"

黄秋刚闻言笑道："哟呵，这劲头，老大真是太有魅力了！"

孙美俊也调侃道："是啊，这架势，整个一个霸王硬上弓啊！"

陆骁无奈地叹了口气道："都什么时候了，你们还在闹！"

曾肇晖也表示赞同："说得也是！这关乎我们308宿舍的荣誉，老大你要慎重对待哈！"

孙美俊接着道："是啊，老大要是不见吧，就成缩头乌龟了；要是见吧，这事就成了。"

陆骁沉思了片刻道："我主要跟孟瑶约的时间已经到了，也不能爽约啊！另外，她们那么多人，我当面拒绝朱娜，对她伤害太大！"

黄秋刚闻言，灵机一动提议道："暂时的后退，是为了更好地进步，老大，你要不委屈一下，从窗户爬下去先跟孟瑶约会？大丈夫能屈能伸嘛。"

陆骁听了觉得有道理，便点头答应。

孙美俊见状安慰陆骁道："老大你就安心地去吧，后事都由我来处理。"

于是，在大家的帮助下，陆骁在腰间绑好绳子，从宿舍窗户下去了。

夜色阑珊。晚风轻拂，空气中弥漫着一股浪漫的味道。

校园里有一条静谧的小道，显得格外美丽。小道两侧种满了两排参天的香樟树，这些香樟树树龄都已超过百年。据说，它们是在学校刚成立时栽种的，与学校一同成长，一同承载了无数师生的回忆。

这条小道对陆骁和孟瑶来说，具有非凡的意义。

因为，这里是他们踏入大学校园的第一条路，充满了他们对新生活的期待和向往。这条小路，是他们第一次相识后约定如果联系不上，一个月后的同一天晚上八点相见的小路。

自从相识以后，这条小道便成了他们课余饭后最喜欢的散步之地。在这里，他们分享着彼此的喜怒哀乐，共同度过了许多难忘的时光。

他们之所以喜欢这条小路，还因为刚上大学时，军训教官曾教他们唱了一首歌曲——

林中有两条小路都望不到头，

我站在岔路口，伫立好久。

一个人没法同时踏上两条征途，

我选择了这一条却说不出理由。

也许另一条小路一点也不差，

也埋在没有那脚印的落叶下。

那就留给别的人们以后去走吧，

属于我的这一条我要一直走到天涯……

这首歌仿佛预言了他们的人生道路。

人生就像这条无名小路，前方充满了无数未知，但选择了就要无怨无悔，勇往直前。爱情也是如此，未来或许会有很多波折，但只要认定了彼此，就要携手走下去，不离不弃。

陆骁和孟瑶在这条小道上漫步，一路走来，他们见证了彼此的成长，也见证了爱情的萌芽。他们深知，未来的路还很长，前方的未知数还有很多，但他们愿意携手勇敢面对，一路同行，直到地老天荒。

正如那首歌所唱："那就留给别的人们以后去走吧，属于我的这一条我要一直走到天涯。"他们相信，只要心中有爱，手牵手，他们就能战胜人生中的种种艰难险阻，走到最后，成为彼此最坚实的依靠。

经过了一段时间的交往，陆骁觉得是更进一步的时候了。

他们虽然已经相识相知，但始终保持着一段不远不近的距离，甚至连手都没有牵过，更别提那些浪漫的拥抱和深情的接吻。

陆骁内心明白，孟瑶就是他心中的那个女神，自从与她相识，他每一天、每一刻都在思念着她。

这种情感已经在他心中涌动了一段时间，陆骁深思熟虑，甚至提前几天就开始排练如何向孟瑶表白。他希望在那一刻，能够将自己的心意完整地传达给她。终于，来到了这个特别的日子。陆骁提前与孟瑶约好了时间，因此心里充满了期待和紧张。

孟瑶将头发梳成一个活泼的马尾辫，穿着一条白底紫色小花裙子。在晚风的吹拂下，月光的照耀下，她宛如一朵初开的夜来香，或者是优雅的紫罗兰。她的气质和装扮与今晚的夜色完美地融合在一起，仿佛天地间的美好都在这一刻凝聚。

这样的女孩，让人一见倾心，她是无数男孩心中的女神。陆骁也不例外，他深深地被孟瑶所吸引。他期待着这个夜晚，期待着向她表白，期待着他们的感情能够迈上一个新的台阶。

也许是陆骁心中早有“预谋”，他一直显得比较紧张，脸涨得通红，双手不知道往哪里放，垂着也不是，抱着也不是。

孟瑶似乎察觉到了这种紧张的氛围，于是试图用话题打破：“今天你们3号楼好像挺热闹的，发生了什么事吗？”

陆骁闻言，立刻显得有些慌张：“有吗？热闹吗？”他反问，尽管语气中带着疑惑，但眼神却透露出一丝心虚和不安。

孟瑶接着说：“我刚刚好像听到有人一直在喊308，308是你们宿舍呀！”

听到这，陆骁更是紧张得无以言表：“啊，是吗？不是吧？”他支支吾吾地回答，眼神越发闪烁不定。

孟瑶看着他的反应，忍不住笑了起来：“你怎么这么紧张呀，你们宿舍是不是有人走了桃花运，该不会是你吧？哈哈！”孟瑶调侃道。

陆骁尴尬地笑了笑：“哪有。”他试图掩饰心中的秘密，但脸上的红晕却泄露了他的内心。

几句简短的问答后，两人又陷入了沉默，也许这个时候，就应该沉默，不应该多说话。

两人在小路上来来回回走了好几趟，陆骁觉得是时候要付诸行动了，不然马上就得换地方走了，因为不能总在一个地方走，换个地方，万一人多干扰了怎么办？

陆骁鼓足了勇气，轻轻去牵孟瑶的手。孟瑶见陆骁的手指在勾她的手指，她吓了一跳，赶紧把手缩了回去。

但是，这也是她极想的，只是，作为女孩子嘛，还是要矜持一下的。孟瑶心里这么想，但是手却情不自禁地垂了下去。

陆骁敏锐地捕捉到了这一细节，他知道孟瑶的心理防线已经被他打开，他可以继续“进攻”了！

于是，他再次尝试着去牵她的手。但是陆骁还是紧张，这是他人生第一次，经过几次尝试，他终于成功地牵到了孟瑶的手。

陆骁终于成功地牵上了孟瑶的手，但他这一连串的举动，确实把孟瑶给吓坏了。对孟瑶来说，这也是她人生中的第一次，她毫无心理准备，仿佛被卷入了一个全新的世界。

孟瑶的心跳瞬间加速，仿佛有一百只小鹿在她心中乱撞。她的呼吸变得局促，仿佛随时都要窒息一般。她感觉到自己的脸颊在发热，烫得仿佛可以煮熟一个鸡蛋。为了缓解这紧张的气氛，孟瑶试图找些话题来聊天。她轻轻地问道：“你喜欢牵手吗？”

陆骁回答道：“喜欢。”他的声音温柔而坚定，仿佛是对孟瑶的承诺。

孟瑶：“为什么？”

陆骁：“因为牵着你的手，会有幸福的感觉，就好像拥有了全世界。”

孟瑶："那你难道不觉得，牵手也是一个很伤感的过程吗？因为牵手过后，就是放手。"

陆骁温柔地说道："怎么会呢？放了手，我的手心也会留有你的余香，满满都是甜蜜的回忆。"

孟瑶听后，心中不禁有些感动。

她开玩笑地说道："那你洗手洗脸怎么办？"

陆骁微笑着回答道："那我就不洗了。"

孟瑶故意调侃道："那不洗，不就成咸猪手了。"

陆骁道："咸猪手就咸猪手，只要你喜欢就行。"

孟瑶："瞎说，我才不喜欢你的咸猪手！"

陆骁："但是我喜欢！"

说着，孟瑶要抽出她的手，但是陆骁抓得紧，一把把孟瑶拽了回来，两人面对面浅浅地接吻了。

孟瑶紧张地望着陆骁道："你喜欢什么？"

陆骁："喜欢你！"

陆骁说完，再也按捺不住火热心情了，一把抱住孟瑶，深情地吻了起来。

这一次，他终于深刻体味到了接吻的滋味，而且是跟心爱的人接吻的滋味——原来是那么的甜，像山间的醴泉，像清晨的甘露，又好像都不像，那个美妙啊，没有办法用语言表达。

孟瑶则呆住了，呆若木鸡，好久没有缓过神来，但似乎又把自己交由陆骁主宰，她只觉得，陆骁那宽厚温暖的嘴唇，能把她整个人融化。

月光下，他们的身影紧紧相依，仿佛融为一体。而他们的吻，也如同最美的誓言，在夜空中回荡。

不知过了多久，两人的嘴唇才轻轻松开，陆骁乘胜追击："孟瑶，做我女朋友吧！"

他的声音充满了坚定和期待，仿佛是在向孟瑶发出最后的"通牒"。

孟瑶听后，心中一阵慌乱。她完全没有心理准备，这个决定对她来说太重要了。她不知道该如何回答陆骁的表白，也许立马答应，太轻佻了吧，太随意了吧，她知道，激情这东西，来得快，也去得快，只有把激情转化为深刻的爱意后，再答应他，那时候的爱情，才会最坚固。

所以，她犹豫地说道："这个，我……"

陆骁看到孟瑶的犹豫和不安，心中不禁有些着急。他紧紧地握住孟瑶的手，追问道："你犹豫什么？"

孟瑶感受到陆骁的焦急和期待，心中更加慌乱。她知道自己需要更多的时间来思考这个决定，于是，她解释道："这个……我还没有想好！要不……要不……我们到大二再说，我想先把学习弄弄好。”

陆骁听到孟瑶的回答，心中不禁有些失望。但他并没有放弃。他深情地看着孟瑶的眼睛，说道：“孟瑶，我知道你需要时间来思考。但我希望你能明白我的心意，我是真心喜欢你的。我会一直等待你的答复，那就到大二你再回复我。”

孟瑶听后，心中涌起一股暖流。她感受到了陆骁的真诚和深情，这让她更加坚定了自己的信念，但是，她知道，感情这回事，历久弥坚，急不得的。于是，她轻轻地点了点头，说道：“好的，我会认真思考的。”

陆骁和孟瑶的约会虽然短暂，但是每一刻都充满了甜蜜和温馨。孟瑶的笑容、她的温柔，都深深地印在了陆骁的脑海中。陆骁知道，自己已经深深地喜欢上了这个女孩。

当陆骁回到宿舍楼下时，他发现朱娜站在那里，孤单地守候着。朱娜的同伴们已经回去了，只剩下她一个人，抱着一束鲜艳的玫瑰，站在昏黄的路灯下。她的眼神坚定而充满期待，等待着这个重要的时刻。

陆骁看着她，心中不禁涌起一股复杂的情绪。他知道朱娜对自己的感情，也知道自己曾经对她的冷漠。但是，他并不后悔自己的决定，因为他知道自己真正喜欢的人是孟瑶。

朱娜也察觉到了陆骁的到来，她紧张地攥紧了手中的花束。她知道自己之前的举动，可能让陆骁感到困扰，所以她决定真诚向陆骁道歉，希望能够挽回他的心。

“陆骁，对不起。”朱娜深吸一口气，勇敢地开口，“以前都是我的错，我不该用那种简单粗暴的方式来追你。我知道这样可能会让你感到不舒服，但我真的很喜欢你，不想错过你。”

陆骁听着朱娜的道歉，心中五味杂陈。他知道朱娜是个善良而热情的女孩，但是爱情并不是简单的对错问题。他犹豫了片刻，还是决定坦诚地表达自己的想法。

“朱娜，我很感激你对我的喜欢，但是我也不能违背我的内心。”陆骁轻轻地说，“爱情是两个人的事，相向而驰的爱情，才有意义。我很抱歉，我不能给你你想要的爱情。”

朱娜听着陆骁的话，心中一阵刺痛。她知道自己的感情可能无法得到回应，但是她还是想要努力争取一下。

“陆骁，我知道你不喜欢我，但是你不能剥夺我喜欢你的权利啊！”朱娜的声音有些颤抖，“我会努力让自己变得更好，让你看到我的优点。如果你愿意给我一个机会，我一定会好好珍惜的。”

陆骁：“爱情不是靠努力就能得来的，它需要相互的吸引和默契。我很感激你对我的喜欢，但是我们真的不适合在一起。”

朱娜：“陆骁，如果我不爱你，我就不会思念你，我就不会妒忌孟瑶，也更不会痛苦。如果我能够不爱你，那该多好。”

陆骁心里五味杂陈，一时不知如何应答。

看到陆骁的反应，朱娜心中极其失落。她知道自己可能无法改变陆骁的想法了。“陆骁，我懂你的意思了。”朱娜的声音有些颤抖，“打扰了。”

说完，朱娜转身就走，她的步伐有些踉跄，仿佛整个世界都崩塌了。她的眼泪在眼眶里打转，但是她强忍着没有哭出来。她知道自己在陆骁面前已经失去了所有的尊严和面子，但是她还是想要保持最后一丝坚强。

陆骁看着朱娜离去的背影，心中不禁感到一阵愧疚和惋惜。他知道自己的话可能让朱娜受到了伤害，但是他也不能违背自己的内心。他默默地站在原地，看着朱娜消失在夜色中。

朱娜一边走一边流泪，她的泪水打湿了手中的花束，也打湿了夜。她不知道自己为什么会这么难过，明明已经做好了被拒绝的准备，但是当真正面对拒绝的时候，她还是无法接受。

朱娜走过转角时，回首看了一眼陆骁。她的眼神中充满了心痛和失望。她知道自己已经彻底失去了陆骁，但是她还是想要最后一次回望他的身影。那一刻，她的心仿佛被撕裂了一般，万念俱灰。

朱娜的心情异常低落，她感到自己的世界仿佛已经崩塌。她不明白为什么自己明明长得不丑，在别人眼里也是一个很优秀的人，但是到了陆骁这里，就一点都不招待见呢？

朱娜感到很痛苦，她一直在思考着自己的问题所在。她想到了自己的性格、外表、能力等方面，但是始终无法找到让自己满意的答案。她开始怀疑自己的价值和意义，觉得自己注定无法拥有真正的爱情。

然而，朱娜也知道，强扭的瓜不甜，她不能强求陆骁喜欢自己。她决定放下这段感情，重新开始自己的生活。虽然心中仍然有些不甘和遗憾，但是她知道这是最好的选择。

朱娜走过转角，消失在陆骁的视野后，终于忍不住失声痛哭起来。她的哭声久久在夜空中回荡。

陆骁默默地站在原地，当他听到朱娜的哭声时，心中也不禁感到一阵苦涩。

他也不知道这么做对不对，但还是希望自己能够用这种方式让朱娜明白，爱情是两个人的事，双向奔赴的爱情才有意义。同时他也希望，朱娜能够尽快走出失落的情绪，找到属于自己的幸福。

喜不喜欢

合不合适

能不能在一起

是三件不同的事情

我是喜欢你

但这不能代表

我们就合适

也不能代表

我们就能在一起

part 4

两难的抉择

时光，如同一条静静流淌的小河，不紧不慢地向前。

转眼间，大一的日子已经过去，新的学期开始了。陆骁和孟瑶，也即将迎来他们大学生活的第二个年头。

和往年一样，陆骁再次踏上了那辆熟悉的绿皮火车，一样从家乡出发，一样前往远方的大学。

车厢里弥漫着熟悉的气息，窗外的景色在眼前一闪而过，仿佛是在诉说着过去一年的点点滴滴。陆骁的心里充满了期待和激动，因为他知道，大二的生活将会带来许多新的变化和挑战。

作为寝室里最后一个返回的同学，陆骁特意准备了一份特别的礼物——枸杞。这是他大姑从宁夏寄来的特产，据说那里的枸杞品质极佳，有很高的营养价值。由于数量较多，陆骁的父亲吃不完，于是他便想到了将这些枸杞分享给寝室的同学们。

当黄秋刚看到陆骁手中的枸杞时，不禁好奇地问道："老大，你怎么带这么多枸杞啊？"陆骁笑着解释道："我大姑从宁夏给我爸的，寄得太多，我爸吃不了，我就给大家带来了。"

黄秋刚等人听到这话，纷纷围了上来，好奇地拿起枸杞端详。他们虽然听说过宁夏枸杞的大名，但一直没有机会吃到过。看到这些红彤彤、饱满的枸杞，他们不禁心生稀罕，迫不及待地拆开了包装，大口吃了起来。

陆骁看着他们吃得津津有味的样子，提醒道："这家伙劲儿大，别吃太多哈！"

然而，黄秋刚、孙美俊和曾肇晖三人似乎并没有把陆骁的话听进去，结果第二天早上，他们三人都流了鼻血。黄秋刚摸着鼻子上的鼻血，尴尬地笑道："骁哥，我的被子好像破了个洞洞。"

陆骁看着三人狼狈的样子，笑得肚子疼："早就给你们说，劲儿大，别吃太多，你们偏不听！"

他边笑边拿出纸巾递给三人，让他们擦干净鼻血。

秋风送爽，一年一度的新生接待日如期而至，校园里洋溢着喜悦的气氛。

在这一天，各个学院都在报到处设立了醒目的接待处，以便为新生提供帮助。

中文系的接待处设在校园的主干道上，显得格外醒目。孟瑶作为中文系的学生干部，早早地来到了接待处，开始了她忙碌而充实的一天。

而陆骁在火车站的接待工作，也进行得如火如荼。他和其他同学一起，耐心地等待着每一列火车的到来。每当有新的列车进站时，他们便会迅速行动起来，帮助新生们拿行李，引导他们前往学校。

虽然工作辛苦，但陆骁却乐在其中。他喜欢看到新生们充满期待的眼神，喜欢听到他们对大学生活的憧憬和向往。

就在他们等待的过程中，火车站出口处旁边的电子屏上，突然播出了美国“9·11”事件的新闻。只见两架飞机先后撞向纽约曼哈顿的双子塔，巨大的爆炸声和火光映照在每个人的脸上。

这一刻，所有人都停下了脚步，面面相觑，心中充满了震惊和不安。大家默默地注视着屏幕上的画面，仿佛时间在这一刻凝固了。

“太可怕了，这世界上怎么会有这样的事情发生？”一个同学感叹道。

“是啊，生命太脆弱了，我们一定要珍惜当下。”另一个同学道。

陆骁没有说话，但他的眼神中却透露出一种坚定和决心。他知道，作为大学生，他们不仅要关注自己的学业和生活，更要关注社会的发展和变化。他们要用自己的知识和能力去为社会做贡献，为人类的进步和发展尽一份力。

6

万里 扬帆远航

就在这时，又有一辆列车缓缓进站。很快，陆陆续续就有乘客从车厢里走出来。大多数都是来报到的新生，他们拖着沉重的行李箱，兴奋地奔向各自的接待点。而普通旅客则径直离开了火车站，继续他们的旅程。

陆骁和同学们立刻行动起来。他们热情地引导着新生们前往学校的大巴车，一路上还不忘为他们介绍学校的各种情况和注意事项。新生们听得津津有味，不时地点头表示理解。

很快，出站的旅客都走完了。陆骁和接新生的同学们正准备上大巴车，送新生到学校。就在这时，一个皮肤黝黑的男生拉着两个大行李箱从出站口走了出来。他看起来有些疲惫和迷茫，四处张望着，似乎在寻找什么。

陆骁立刻走上前去，热情地问道："同学，需要帮忙吗？"

这个男生就是杨宇，他感激地看着陆骁，露出了一个灿烂的笑容："谢谢你！"

陆骁一边帮杨宇拖着行李箱，一边和他聊起了天："你是哪儿的，怎么带这么多东西？"

杨宇有些不好意思地看了看自己的行李："我是湖北的。嗯，带了点特产和家里的东西，还有一些生活必需品。"

陆骁理解地点了点头："湖北是个好地方啊！"

陆骁见杨宇也是憨厚朴实的哥们儿，身材高大，就想把他拉进自己所在的篮球队。于是，道：“哎，你喜欢打篮球吗？”

杨宇眼睛一亮：“喜欢！”

陆骁笑着拍了拍他的肩膀：“那太好了！我在风语者篮球队，到我们篮球队来吧，这样我们就可以经常一起打球了。”

杨宇高兴地道：“好的！”

就这样，陆骁和杨宇一路上聊得十分投机。陆骁向杨宇介绍了学校的各种情况，包括教学设施、食堂、图书馆等，还分享了自己在学校的经验和趣事。杨宇听得津津有味，不时地点头表示赞同。

到了学校的大巴车旁，陆骁帮杨宇把行李箱搬上了车，并找到了一个空座位让他坐下。杨宇感激不尽，连声道谢。

“不客气！”陆骁拍了拍杨宇的肩膀，“以后有什么困难，可以随时找我，也欢迎你加入我们篮球队！”

杨宇点了点头，道：“好的，我一定会加入的！”

随着接学生的车辆缓缓驶入校园，新学期的一幕幕热闹景象逐渐展开。

新生们带着激动的心情和满心的期待，陆续从车上走下来。孟瑶和其他负责接待的同学早已站在中文系报到处，准备为新生们提供周到的服务。

杨宇从大巴车上取下行李，向中文系报到处走去。

孟瑶正忙碌地为新生们登记信息。她抬头一看，突然发现杨宇站在自己面前，脸上露出了惊讶的表情。

“你怎么来了？”孟瑶惊讶地问道。

“我来报到啊！”杨宇神气地道。

“你报考了苏大，你怎么不说啊？”孟瑶高兴地道。

“哈哈，我就是想给你一个惊喜！”杨宇道。

阳光洒在篮球场上，空气中弥漫着青春的气息。

陆骁正在和队友们进行日常的篮球训练，他们的身影在球场上穿梭，汗水浸湿了运动服，却无人愿意停下来休息。

突然，教练毛老师走了过来，他的脸上带着一丝微笑，眼中闪烁着期待的光芒。

“队员们，集合！”毛教练大声喊道。

大家迅速聚拢在毛教练身边，好奇地看着他。毛教练环视了一圈，然后神秘地说：“今天，我们球队迎来了一年级的新校友，他们是我们的新鲜血液，也是我们的新希望。让我们用热烈的掌声欢迎他们的加入！”

随着掌声的响起，几名新队员走到了球场中央。陆骁定睛一看，其中一个熟悉的身影让他眼前一亮——正是之前在火车站相遇的杨宇!

杨宇也认出了陆骁,两人相视而笑,仿佛有一种默契在他们之间流淌。

很快,陆骁和杨宇成了无话不谈的好朋友。他们一起训练,一起比赛,一起分享彼此的喜怒哀乐。

陆骁不仅教会了杨宇许多篮球技巧和经验,还传授给他一些人生的道理和处世的智慧。杨宇则虚心向学、勤奋刻苦,很快就在球队中崭露头角,赢得了教练和队友们的认可和赞誉。

在一个温暖的午后,孟瑶正在宿舍里整理衣物。突然,宿管牛阿姨来电话:“孟瑶,楼下有人找你。”

孟瑶之前就听父母说,小姨最近要过来看她,于是,她迫不及待地下楼去迎接了。

“小姨,您怎么来了?”孟瑶兴奋地问道。

小姨笑着拥抱了孟瑶一下,道:“我这不是想你了嘛,而且你父母也让我来看看你,照顾照顾你。”

小姨看着孟瑶,感叹道:“真是女大十八变,几年没见,我都快认不出来你了。”

孟瑶有些害羞地笑了笑,道:“哪有啊,小姨,您过奖了。”

小姨笑了笑,接着道:“你这离上海也不远,我一直忙得没顾上过来看你，你别介意啊，瑶瑶。”

孟瑶连忙摆手，道：“您说啥呢，小姨，我在这挺好的。”

小姨点点头，然后把手里的手提袋递给孟瑶，道：“小姨从上海给你带了些好吃的，你看看喜不喜欢。”

孟瑶惊喜地道：“这么多呀，我哪能吃得了。”

小姨摆摆手，道：“没事，不多，你要吃不了，可以跟你同学或者男朋友分分。”

说到这儿，孟瑶突然有些不好意思，她心头闪过陆骁那天跟她接吻的样子。

小姨看着孟瑶的表情，似乎察觉到了什么，笑着道：“哎，瑶瑶，你找对象了吗？”

孟瑶一下子脸红了，她结结巴巴地说：“没有，小姨。”

小姨看着她的样子，笑得更加开心了，她说：“没有吗？可是我看着你的表情，好像有心事哟。是不是有哪个小伙子让你心动了？”

孟瑶更加不好意思了，她低着头，小声地说：“没有啊。”

小姨也不逼她，只是笑着说：“好好好，没有就没有。不过，瑶瑶啊，小姨是过来人，你的心思我可是能看出来的。如果有一天你真的遇到了喜欢的人，一定要告诉小姨哟，小姨帮你把把关！”

孟瑶抬起头，道："好的，小姨！"

陆骁，人如其名，果然是一名骁勇的战将。

在篮球场上，他如同一位飞将军，冲锋陷阵，无人能敌。只要有他参与的比赛，胜利的天平似乎总是倾向他的一方。

他的球技精湛，尤其是投篮命中率，几乎达到了100%，让人惊叹不已。每当队友将球传给他，他总是能够迅速转身，准确地投篮得分，让对手防不胜防。

然而，陆骁的出色表现也引来了对方球员的不满和嫉恨。在一场与坏小子篮球队的比赛中，对方球队的队长王琪对陆骁的威胁十分明显。

为了阻止陆骁的发挥，王琪甚至不惜让三名球员围堵他。然而，陆骁却总能凭借出色的技术和敏捷的身手突破重围，让坏小子篮球队的球员们倍感挫败。

龚诚，坏小子篮球队的一员，自号小奥尼尔，虽然身材不高，但身体壮实，弹跳力和扣篮技术都非常出色。可是在陆骁面前，他也只能甘拜下风。龚诚对陆骁的不满日益加深，他开始用各种危险动作试图让陆骁受伤，以此来破坏他的比赛节奏。

陆骁一直保持着冷静和克制，尽量避免与龚诚发生冲突。然而，龚诚的动作越来越过分，最终让陆骁无法再忍受。在这一次的激烈对抗中，陆骁和龚诚发生了争执，场面一度十分紧张。坏小子篮球队的其他球员见状，也纷纷加入战团，与陆骁打了起来。

这时，杨宇毫不犹豫地冲上前去，帮助陆骁解围。虽然杨宇并不壮硕，但他却有一股不屈不挠的执着劲头，勇猛无比，毫不畏惧。在杨宇的帮助下，陆骁逐渐解了围，但杨宇自己却被打得鼻青脸肿，嘴角流出了鲜血。

陆骁感激地道："谢谢你，兄弟。"

杨宇客气道："没事，兄弟间客气啥呢。"

陆骁接着道："我请你吃饭吧？刚好我有好事给你说呢。"

杨宇道："好的，师兄，我也有好事要跟你说呢！"

陆骁道："好，走！"

学校后门不远处，有一家颇具特色的饭庄，名叫"周不走饭庄"。

这家饭庄的老板姓周，是学校一位老师的亲哥哥。他们之间的故事，仿佛是一首关于亲情与奋斗的美妙乐章，让人心生感慨。

周老板和他的弟弟从小便失去了父母，相依为命。在那个艰辛的年代，为了让弟弟能够有学上、有书读，周老板毅然决然地辍学，踏上了打工之路，用稚嫩的肩膀扛起了供养弟弟上学的重任。

他的弟弟也很争气，学习成绩一直名列前茅，最终成功考上了苏州大学。为了照顾弟弟，周老板也随之来到这座城市，开始了新的生活。

初来乍到，周老板先在一家餐厅里做起了厨师。他凭借着过人的厨艺和勤奋的努力，逐渐在餐饮界崭露头角。几年后，他攒下了一些积蓄，便在学校门口开了一家餐厅。

生意日渐兴隆，他的弟弟也在学业之余来到餐厅帮忙。兄弟俩携手合作，共同经营着这家充满温馨与亲情的餐厅。

餐厅的名字"周不走"，寓意着周老板对弟弟的关爱与守护，也象征着他们兄弟之间坚定不移的情感纽带。这个名字不仅代表着他们永不分离的决心，更是对亲情的最好诠释。

作为四川人，周老板和他的弟弟擅长做地道的川菜。他们精心挑选食材，注重烹饪技艺，力求让每一位顾客都能品尝到正宗的四川美味。

在这里，你可以品尝到麻辣鲜香的水煮鱼、口感爽滑的麻婆豆腐、色香味俱佳的回锅肉等经典川菜，让你大快朵颐的同时，也能感受到家的温馨与亲切。

陆骁和杨宇坐在餐桌前。

酒过三巡，陆骁看着杨宇，好奇地问道："你有啥好事要给我说呢？”

杨宇微笑着道：“你不是也有好事要给我说吗？”

陆骁笑着道：“哈哈，我先问你的。”

杨宇摇了摇头，谦逊地回应道：“你是学长，你先说！”

陆骁摆摆手，表示不肯让步：“你是学弟，你先说！”

杨宇见状，也不再推辞，于是喝了口酒，缓缓开口：“你知道吗，我之所以考这所学校，是因为一个人而来的。”

陆骁顿时来了兴趣，好奇地问道：“谁啊？”

杨宇的眼神，变得柔和而深情，轻声道：“她叫孟瑶。”

陆骁一听这个名字，心中猛地一怔，仿佛被什么击中了一般。他努力平复着自己的情绪。

杨宇继续说道：“我和孟瑶是一个大院长大的，从幼儿园到高中，我们都在同一个学校，可以说是青梅竹马。

“然而，我的家庭情况并不太好，我父亲嗜酒如命。就在我上小学的时候，父亲酒后失手杀了人，被判无期徒刑。之后不久，妈妈也离开了家，留下我和奶奶相依为命。从那时起，我渐渐养成了自卑、内向的性格，不敢与人交往。”

陆骁听着杨宇的述说，心中不禁感到一阵酸楚。

杨宇继续说道：“孟瑶的父母觉得我的家庭不好，于是便禁止我和她来往。然而，孟瑶并没有因此放弃我们的友谊，她偷偷地和我保持联系，帮助我渡过了一个又一个的难关。”

杨宇说着，陆骁心里五味杂陈。

杨宇继续说道：“高三那年的一个周末，我们班同学一起去溜旱冰。孟瑶没站稳，我见状赶紧冲过去用身体接住了她。结果，孟瑶安然无恙，我却摔断了小腿。眼看再有几个月就要高考了，我却只能在家复习。孟瑶便每天给我送资料，直到有一天，被她父母发现。

“我一度想放弃读书，觉得自己的前途一片渺茫。但孟瑶不想看我自暴自弃，于是，她便每天放学先到我家辅导我复习功课，之后再回家。那段时间，真的是我人生中最黑暗的时刻，但有了孟瑶的陪伴和鼓励，我逐渐找回了自信和勇气。

“后来，我们终于迎来了高考。孟瑶考上了理想的大学，而我却因为之前的伤病影响，发挥失常，落榜了。当时，我感到非常绝望和无助，甚至想要南下广州打工。但在孟瑶的鼓励下，我选择了复读。

“在补习班的日子里，精神压力越来越大，我一度想要退学。但孟瑶并没有放弃我，她不断地给我写信，鼓励我坚持下去。她告诉我，只要自信、努力，通过奋斗，一定可以改变自己的人生。

“后来，我真的就考上了大学。那时候，我也不知道要报考哪个学校，于是就报考了咱们这所学校。因为我知道，这里有孟瑶，有我的梦想和希望。”

“孟瑶知道你报考这所大学吗？”陆骁好奇地问道。

杨宇轻轻摇了摇头：“没有，我大学报到后，她才知道的。”

陆骁：“那这么说，你是为追孟瑶而来的？”

杨宇沉默了一会儿，然后缓缓开口：“也可以这么说吧，她确实对我的人生影响挺大，她算是我的精神支柱。没有她的支持，我根本走不到今天。我满脑子都是她，我不能想象没有她，我将如何生活。”

“那你跟她表白过吗？”陆骁忍不住问道。

杨宇再次沉默了一会儿，然后摇了摇头：“没有，我怕破坏了我和她之间的关系。”

“那你确定，她就是爱你的吗？”陆骁试探着问道。

杨宇抬起头，看着陆骁，眼中闪烁着坚定的光芒：“我不敢确定，但是我可以努力啊。就像孟瑶当初鼓励我一样，不试一试，你怎么知道就不能成功呢！”

“那万一不成功呢？”陆骁又问道。

杨宇深吸了一口气，然后缓缓开口：“其实，我上高中时就有些抑郁了，心理也有些自卑。我也不知道万一不成功该怎么办，但是我真的不想错过她。她就是我的全部，我真的不能想象我的人生没有她该怎么过。”

陆骁在听完杨宇的故事后，陷入了深深的沉默。他的眼神里充满了复杂的情绪。杨宇见状，有些担忧地问道：“怎么了，师兄，是不是我说得太多了。”

陆骁回过神来，轻轻地摇了摇头，苦笑着说道：“没有，你说得很好。来，喝酒！”说着，他举起酒杯和杨宇碰了一下，然后一饮而尽。

杨宇看着陆骁，有些好奇地问道：“师兄，那你说说你有什么好事，要跟我说。”

陆骁放下酒杯，深吸了一口气，然后缓缓地开口：“没了。”

杨宇有些失望地说道：“没了？你刚不是说有吗？怎么这么快就没了。”

陆骁没有回答，只是默默地拿起酒瓶给自己倒了杯酒。他不知道如何向杨宇袒露自己的心事。

杨宇看着陆骁，心中不禁有些感慨。但他也明白，每个人都有自己的故事和心事，这需要时间和勇气去面对和分享。

于是，他换了一个话题，真诚地向陆骁请教：“师兄，我没找过对象，没有经验，你能不能教我？孟瑶对我真的太重要了，我一定要追到她。”

陆骁道：“如果你追不到她呢？”

杨宇接着道：“喜欢一个人，会卑微到尘埃里，然后开出花来。我想我的真诚是可以打动她的。再说，我们这么多年的感情，也不是别人能够比的！”

听到这里，陆骁心里甭提多难受了，道：“我今天喝多了，我们改天再聊吧。老板结账……”

话说杨宇，他的人生经历虽然充满了曲折和艰辛，但他却始终保持着内心的真诚、善良和质朴。

在杨宇还只有六七岁时，那是一个阳光明媚的下午，小杨宇和小孟瑶在大院里玩耍。

杨宇将自己脖子上的护身符取下：“孟瑶，这个护身符送给你！”

孟瑶道：“你哪来的呀！”

杨宇：“这是我奶奶送我的，让我一直要戴到结婚。我奶奶说，等我结婚了，就有媳妇保护我了，就不用戴了。你也一定要戴到结婚，等你结婚了，就有夫君保护你了，你也就不用戴了。”

孟瑶听着杨宇的话，心中涌起一股暖流。这是她有生以来，除了父母，第一次有人送她东西。

在那个纯真的年代，孩子们的感情来得格外真挚和深厚。孟瑶珍惜这份感情，也珍惜杨宇送给她的护身符。她郑重地点了点头，答应杨宇会一直戴到结婚的那一天。

陆骁踉踉跄跄地回到了宿舍楼下，他眼神迷离，脚步有些不稳。

就在这时，他看到了孟瑶站在楼下，她的身影在昏黄的灯火下显得格外好看。她的手中提着一个袋子。

孟瑶看到陆骁后，微笑着走了过去，她将袋子递给陆骁，说道："陆骁，我小姨从上海给我带了些好吃的，我给你带过来一些。"

陆骁接过袋子，却并没有立即道谢，他的眼神在孟瑶的脸上游移，似乎在寻找着什么。终于，他开口问道："杨宇有没有？"

孟瑶听到这话，有些蒙圈。她不知道陆骁为什么会提到杨宇，更不知道他们之间竟然也认识。

看到孟瑶的反应，陆骁的心中不禁涌起一股醋意。他觉得他和孟瑶之间的关系一直很好，但杨宇的到来却打破了这种平衡。他不明白为什么孟瑶没有提前告诉他杨宇的事情，这让他感到有些失落和不安。

孟瑶看到陆骁的反应，心中也有些慌乱。她不想因为杨宇的事情而影响到她和陆骁之间的关系。在她看来，她和陆骁之间的感情是纯粹而美好的，她不想掺入任何复杂的因素。

于是，她试图解释："陆骁，你听到什么了？我和杨宇只是兄妹关系，我觉得那是亲情，不是爱情。”

陆骁紧接着道：“爱情久了，不也就成亲情了吗？”

孟瑶道：“可是这真的不一样啊！”

陆骁道：“我喝多了，先回去睡了。”

说完，陆骁就径直上去了。

陆骁摇摇晃晃地回到了宿舍，一进门，就看见了宿舍的几个人正围坐在火锅旁，一边涮着肉，一边小酌。

黄秋刚一眼看见了陆骁，热情地叫他过来喝两杯。

陆骁也不推辞，拿起酒瓶，一口气将半瓶白酒全干了。他的动作果断而坚决，仿佛是在用这烈酒来浇灭心中的某种情绪，把黄秋刚等舍友惊呆了。

喝完酒后，陆骁默默地躺在了床上，一言不发。他的眼神空洞，仿佛在思考着什么深重的事情。

宿舍的几个人见状，也识趣地收起了酒杯，不再继续喝酒，整个宿舍陷入一片寂静。他们知道陆骁心情不好，需要一些时间来独自平复。

陆骁躺在床上，思绪如同乱麻一般纠缠不清。他的脑海中闪过一幕幕与孟瑶相处的画面，那些温馨、快乐的时光，如今却变得如此沉重和复杂。

他想起每次他想要和孟瑶更进一步的时候，孟瑶总是有些躲闪，仿佛在刻意保持距离。

他想起孟瑶曾经告诉他，她还不想找对象，这让他心中充满了困惑和不安。他不明白孟瑶到底是怎么想的，为什么她对他的感情总是若即若离。

他想起杨宇说孟瑶不停地给他写信，这让他心中涌起一股莫名的嫉妒和愤怒。

他想起自己在取信件时碰到姗姗，姗姗说的话更是让他感到一阵刺痛。他开始怀疑自己和孟瑶之间的感情，是否真的像他所认为的那样纯粹和坚定。

接着，他又想起了杨宇和孟瑶小时候的事情。他想起杨宇曾经送给孟瑶一个护身符，而孟瑶也一直戴着它。这个细节让他感到一阵莫名的醋意和失落。他开始怀疑自己和孟瑶之间的感情，是否真的能够抵挡住杨宇的猛烈追求。

这些思绪在陆骁的脑海中不断盘旋，让他无法入眠。

他想起自己和杨宇曾经是好兄弟，关系很好，但现在却因为孟瑶而变得复杂起来。他开始感到一种莫名的压力和束缚，仿佛自己被困在了一个无法逃脱的困境之中。

他想起杨宇曾经说过，他不能想象自己的生活中没有孟瑶，这让陆骁感到一种莫名的威胁和挑战。

在这些纷乱的思绪中，陆骁不禁流泪了。他感到自己的心情竟是如此沉重和复杂，他有点无法承受这种情感的压抑和纠葛。但他也知道，自己必须面对这些问题和挑战。

想着想着，陆骁的眼皮渐渐沉重，迷迷糊糊进入了梦乡。

在梦中，他来到了一个熟悉而又陌生的场景——学校那条熟悉的小路。这条小路，他每天都要走好几遍，但今天却显得格外漫长和曲折。

他抬头一看，发现杨宇正站在不远处，两人之间的距离似乎只有几步之遥，但仿佛隔着一道无形的屏障。

陆骁的心里突然涌起一股强烈的冲动，他想要冲过去，和杨宇好好谈一谈，解决他们之间的误会和矛盾。

然而，当他迈出第一步时，杨宇却突然向他冲了过来。两人的目光在空中交会，火花四溅。陆骁还没来得及反应，就被杨宇一把抓住，两人开始激烈地厮打起来。

陆骁的拳头狠狠地砸在杨宇的脸上，而杨宇也毫不示弱地回击。两人的身影在小路上快速移动，伴随着拳脚相加的声音和粗重的喘息声。周围的一切都仿佛静止了，只有他们两人在这场激烈的战斗中挣扎。

陆骁边打边喊道：“你明明知道我喜欢孟瑶，为什么还要跟我抢？”他的声音充满了愤怒和不甘。

杨宇则冷笑道：“孟瑶是我的，她跟我从小一起长大，是你在跟我抢！”他的眼神中闪烁着坚定的光芒。

两人的战斗越来越激烈，直到最后都累得气喘吁吁、鼻青脸肿。陆骁终于停了下来，他盯着杨宇的眼睛，一字一句地说：“可是孟瑶喜欢的是我！”

杨宇也停了下来，他深深地吸了口气，说：“可是，我非常非常喜欢孟瑶啊；没有孟瑶，我真的不知道怎么过！陆骁，你长得那么高大帅气，有的是女孩喜欢你，为什么要跟我抢？你口口声声说咱俩是哥儿们，哥儿们有你这样做的吗？”

就在这时，孟瑶的身影出现在了他们面前。她看着两人鼻青脸肿的样子，眼泪不禁流了下来。她走到两人中间，想要抚平他们之间的争斗和矛盾。

陆骁和杨宇都看着她，眼中充满了期待和渴望。他们同时向孟瑶伸出了手，想要得到她的回答和选择。

孟瑶看着他们，心中充满了矛盾和挣扎。她不知道自己该如何选择，也不知道自己该怎么回答。她的眼神中闪烁着泪花，但最终她选择了逃避，她回头跑开了。

陆骁喝得有点多，一觉睡到了大天亮。

阳光透过窗帘的缝隙洒进宿舍，温暖的阳光将他从沉睡中唤醒。他揉了揉惺忪的睡眼，看了看手机，发现已经是中午了。

这时，他的室友们纷纷围了过来，看着他的睡颜，忍不住开起了玩笑。

曾肇晖笑着说："老大，你睡了快12个小时了，是不是昨晚做了什么美梦啊？"

陆骁有些迷茫地看了看他们，然后摸了摸自己的衣服，发现衣服是干的。他疑惑地问道：昨晚没有下雨吗？

黄秋刚听了，忍不住笑出声来："老大，你发烧了吧，是不是脑子烧坏了？昨晚根本没下雨啊！"

孙美俊也凑过来说："估计老大是做春梦了，湿漉漉的。"

曾肇晖听了，也跟着笑了起来："对，老大有枸杞，想不做春梦也难！"

陆骁被他们说得一头雾水，完全不知道他们在说什么。他摇了摇头，无奈地笑道："你们都乱七八糟地说些什么呢！"

午后，阳光透过图书馆的窗户，洒在宁静的阅读区，给这个安静的空间增添了一丝温暖。

陆骁的酒意已经消散了不少，他决定去图书馆寻找一些心灵的慰藉。步入熟悉的图书馆，他的目光不自觉地落在了孟瑶的位置上。

他发现孟瑶还坐在那个他熟悉的位置，她正专注地看书。而让陆骁有些意外的是，杨宇也坐在了孟瑶的旁边，两人似乎在低声讨论着什么问题。

陆骁心中涌起一股莫名的醋意，他其实并不知道，孟瑶一直为他保留着座位。每当她来到图书馆，她都会在他的位置上放下两本书，仿佛是在默默地等待他的归来。

杨宇似乎有意找些问题请教孟瑶，而孟瑶也不能拒绝他的请求。毕竟，在杨宇的立场上，他并没有做错什么，孟瑶也不能因此而疏远他。然而这一切在陆骁看来，却像是杨宇在故意接近孟瑶，这让他感到有些不舒服。

看到这儿，陆骁转身离开了。

陆骁情不自禁地走到孟瑶的宿舍楼下，他抬头望去，只见杨宇已经站在了那里，正耐心地等待着孟瑶的出现。

陆骁的心中涌起一股复杂的情绪，而在这时，那位曾经给他“使绊子”的牛阿姨，她看起来非常热情，正在帮助杨宇联系孟瑶。

陆骁的内心，如同被秋风吹过的湖面，波澜起伏。他不能确定孟瑶是否真的爱他，这份犹豫让他倍感煎熬。同时，他也不想与杨宇展开一场激烈的竞争，毕竟杨宇曾为他挺身而出。孟瑶对杨宇来说，是精神上的支柱，陆骁不愿意看到杨宇就此陷入绝望。

正当陷入深深的思考时，陆骁不知不觉地走到了学校设立的招兵处。他驻足观望，心中突然涌起一个念头。也许离开一段时间，让自己冷静一下，去体验一种全新的生活会是一个不错的选择。这样既能暂时避开感情的纠葛，也能让自己有机会成长和改变。于是，陆骁报了名。

晚上，孟瑶的宿舍里静悄悄的，叶芳和龚立靖两人已经进入梦乡。孟瑶躺在床上，翻来覆去却怎么也睡不着，她的脑海里不断浮现出陆骁的身影。

就在这时，姗姗轻声问道："瑶瑶，你睡了吗？"

孟瑶回应道："还没呢！"

姗姗犹豫了一下，似乎有些迟疑地说："有个事，不知当讲不当讲……"

孟瑶好奇地问："你说吧，姗姗，怎么了？"

姗姗起床，凑到孟瑶的耳边，神秘地说："我今天听说陆骁他……他要报名去当兵了。"

第二天早上，太阳还未完全升起，学校的行政楼前已经是一片热闹的景象。红旗在风中招展，锣鼓声震天响，打破了校园的宁静。这里，二十来名热血青年，包括陆骁，正准备踏上参军之路，开始他们崭新的军旅生涯。

消息一传出，同学们纷纷从四面八方赶来，为这些即将离去的战士送行。人群中，孟瑶和朱娜显得格外引人注目，她们挤在最前面，眼神中充满了不舍和期待。孟瑶紧咬着下唇，眼中闪烁着泪光，而朱娜则是一脸坚定，仿佛在为陆骁加油鼓劲。

市武装部的领导和校领导相继上台发言，为这些年轻人送上祝福和期望。他们的话语充满了激励和感动，让在场的每一个人都为之动容。随着最后一位领导讲话结束，号令声响起，陆骁等人整齐地列队，准备出发。

就在这时，孟瑶突然冲了出去，拦住了陆骁。她的眼中充满了泪水，声音有些颤抖："陆骁，你为什么要走？"

陆骁看着她，眼中闪过一丝温柔："家国情怀嘛，我是军人家庭出身，从小就有一个当兵的梦想。这次刚好有机会，能成全我这个梦。"

孟瑶的泪水再也止不住，她哽咽着问："陆骁，你有没有喜欢过我呢？"

陆骁没有犹豫，坚定地点了点头："这还用说！"

孟瑶的心情瞬间复杂起来，她既高兴又难过："那我们为什么不能在一起？"

陆骁叹了口气，道："孟瑶，喜不喜欢、合不合适、能不能在一起，是三件不同的事情。我是喜欢你，但这不能代表我们就合适，也不能代表我们就能在一起。"

孟瑶紧紧咬住下唇，不让自己哭出声音来。她抬起头，看着陆骁的眼睛，坚定地说："陆骁，我理解你的家国情怀，我也尊重你的选择。我等你三年，如果到大学毕业时，还等不到你，我就不再等了！陆骁，你记住，即使你成为一名军人，你也是一个懦夫！"

杨宇也听说了陆骁要走的消息，匆匆赶来送行。他站在人群的最后。那一刻，他终于明白陆骁为什么要参军走了。

每个人都渴望
自己爱着的人
也恰巧
爱着自己

part 5

再回首时

宁夏川两头子尖

东靠黄河西靠嘛贺兰山

金川银川米呀粮川

哎嘿……

米呀米粮川呀米粮川

哎嘿……

米呀米粮川呀米粮川

陆骁参军的地方是一个被称作“塞上江南”的地方——美丽宁夏川。

话说这宁夏川，绝对是中国数一数二奇特的地方。虽然地处西北，但是却有江南景象。也就是说，那里既有江南的河流湖泊、稻香花香，又有塞上的高山峡谷、砂石沙漠。

陆骁参军的地方，就在塞上宁夏贺兰山下的空军某旅。

那天早上，当起床的哨声响起，陆骁睁开眼睛，看到的是窗外飞驰而过的戈壁。太阳从地平线缓缓升起，金色的阳光透过窗户洒进车厢，整个空间都充满了祥和与温暖。这是陆骁第一次来到西北，窗外的景象让他心胸开阔，仿佛感受到这片土地所蕴含的无限可能。

陆骁参军的时间是11月中旬的样子。11月，江南还是郁郁葱葱，而在西北，早已经是枯木落叶、满目萧瑟了，而这反倒更加映衬了西北的冷峻威严，更适合练就一个军人的品格和品质!

这是陆骁第一次到西北，窗外的情景，让他心胸一下开阔了起来。列车车厢广播播放着具有浓郁宁夏地方特色的歌曲《宁夏川》，这一切告诉他，一个崭新的生活即将正式开始了……

经过近40个小时的跋涉，列车终于在早上8点抵达了宁夏的首府银川。站台上，早已站满了迎接新兵的干部群众，他们的热情让陆骁感受到了家的温暖。

到达军营后，陆骁开始了他的军旅生涯。

陆骁是一名轰炸机飞行员，经过深入地学习，他逐渐明白了航空兵的重要性，以及作为一名航空兵所肩负的责任和使命。

当陆骁驾驶着轰炸机翱翔在祖国的蓝天上时，他第一次深切地感受到了祖国的伟大和自己肩负的使命的神圣。他明白，作为一名军人，他不仅要保卫祖国的安全，更要为国家的繁荣和发展贡献自己的力量。

在宁夏的这片土地上，陆骁开始了他的新生活，他不仅要面对艰苦的军事训练，还要适应西北的气候和环境。但他没有退缩，而是勇往直前，用自己的汗水和努力，书写着属于自己的军旅篇章。

陆骁走后，孟瑶的心就如同缺失了一块，深深地沉浸在对他的思念当中。那些甜蜜而青涩的回忆，如同潮水般涌上心头，让她无法自持。

她时常坐在图书馆的角落里，眼神空洞地望着窗外的天空，思绪万千。她后悔自己的矜持和犹豫，早知如此，大一的时候就应该接受陆骁的表白。

孟瑶每天都如同行尸走肉般。课堂上，她的心思早已飘到了远方，老师的讲解成了耳边风。课后，她依然会来到图书馆，坐在那个熟悉的位置上，对面依然放着两本书，为陆骁占着那个曾经属于他的座位。仿佛这样，她就能感受到他的存在，感受到他的气息。

在孟瑶的世界里，时间仿佛停滞了。她不再关心身边的事，不再与朋友谈笑风生。她的世界里，只剩下对陆骁的思念和无尽的等待。她会在夜深人静的时候，写下对他的思念和祝福，希望他能平安健康，早日归来。

陆骁在部队里，也过着紧张而充实的生活。

每天的训练，都让他汗流浃背，但他从未抱怨过一句。他知道，自己选择了这条路，就必须坚持下去。

除了训练，他剩下的时间都是在部队图书馆里度过。他热爱阅读，渴望通过书籍来丰富自己的知识和见识，另外，也只有在图书馆里的时候，他会感觉到他跟孟瑶距离很近，因为他知道，那一刻，孟瑶应该也在图书馆里。

战友们经常聚在一起，分享着各自过去的经历。当大家谈到当初如何没有勇气追求某个女孩时，陆骁总会沉默不语。

2001年最后一天悄然来临，全国各地都沉浸在迎接新年的热闹氛围中。大街小巷挂满了彩灯和彩带，人们欢聚一堂，共同期待着新的一年的到来。

在这个特殊的日子里，图书馆里显得格外冷清。天色渐晚，只有两三位读者还在那里看书，孟瑶就是其中之一。她独自坐在原来的位置，手中捧着一本书，但心思却早已飘到了远方。

杨宇也在图书馆，坐在不远处，他看到外面热闹非凡，便走过去邀请她一起跨年。然而，孟瑶却拒绝了。她告诉杨宇，她没有什么兴致参加跨年活动，只想一个人静静地度过这个夜晚。

陆骁所在的部队也热闹非凡。

为了迎接新年，部队里搞起了文艺晚会。战友们纷纷报名参加各种表演节目，为晚会增添了不少色彩。

其中，刘光驰和胡校尉两位战友排练了一出相声《我的新兵连生活》。他们将自己在部队中的点点滴滴、苦与乐都融入相声之中，令人捧腹大笑。

然而，在这欢声笑语中，陆骁却显得有些心不在焉。他的思绪飘向了远方，想起了孟瑶。他不知道她在做些什么，是否也在期待着新年的到来。他心中涌起一股强烈的思念之情，无法抑制。

刘光驰和胡校尉的相声表演进入了高潮，全场响起了喝彩和掌声。然而，在这欢声笑语中，陆骁更加思念孟瑶了。他觉得自己仿佛与这个世界格格不入，心中充满了孤独和寂寞。

终于，相声表演结束了。陆骁独自走出了联欢晚会现场，来到了院子里。

塞上银川，冬日里鲜少雪花飘洒，然而今日，却迎来了一场厚厚的雪。那雪花纷纷扬扬，如同天地间最纯净的精灵，它们无声无息地覆盖着大地，将整个世界装扮得如诗如画。雄浑的贺兰山在雪的映衬下，更显得巍峨挺拔，如同一位身披银甲的战士，静静地守护着这片土地。

在这银装素裹的世界里，陆骁独自走在雪地里。他的脚步有些沉重，每一步都踩在厚厚的积雪上，发出咯吱咯吱的响声。那声音在寂静的雪夜里，显得特别清脆，仿佛是大自然为他独奏的一曲悠扬乐章。

陆骁的思绪随着雪花飘舞，他的心中充满了对孟瑶的思念。他幻想着，如果孟瑶此刻就在他身边，他们两人一起走在雪地里面，那该是多么浪漫的一幅画面啊！

他们可以一起留下两串美丽的脚印，在雪地里留下属于他们的独特印记。他们还可以一起打雪仗、堆雪人，享受冬日里独有的乐趣。

他想起了和孟瑶在一起的点点滴滴，想起了她曾经对他说过的那些话。他心中涌起一股强烈的冲动，想要立刻回到孟瑶的身边，与她共度这个特殊的夜晚。

然而，现实却是残酷的。他知道自己不能离开部队，他只能将这份思念深深地埋藏在心底。在那个寒冷的冬夜里，陆骁独自站在院子里，任由寒风拂过他的脸颊。

陆骁深深地叹了口气，他找了个地方坐了下来。他从口袋里掏出随身携带的笔记本和笔，他想给孟瑶写封信，他想把自己的思念和牵挂都倾诉在信纸上。

他想象着孟瑶收到信时的情景，她的脸上是否会露出惊喜的笑容？她是否会为他的真情所感动？

当他快要写完的时候，他突然想到了一个问题：孟瑶还在等他吗？她会不会已经和杨宇在一起了？这些念头如同一片片雪花，纷纷扬扬地飘进他的心里，让他的心情变得沉重起来。

陆骁知道，他当初选择来当兵，一方面是为了实现自己的梦想和追求，另一方面也是为了还杨宇一个人情。

杨宇曾经帮过他的忙，而现在杨宇正处在特殊时期，他觉得，他作为朋友，在这个特殊的时刻，即使帮不上杨宇，也不能把杨宇推向深渊。然而，他也知道，自己的选择让孟瑶承受了很大的压力、痛苦和委屈，他觉得他太对不起孟瑶了。

陆骁的心情，如同这塞上的冬日，既寒冷又沉重。他把写好的信揉成了一个团，狠狠地扔在了雪地里。那一刻，他仿佛是在把自己的思念和牵挂也一起扔掉了。

然而，他很快就后悔了。他想起孟瑶曾经对他说过的话："陆骁，我等你三年……"他想起了孟瑶那坚定和执着的眼神。

于是，陆骁又把揉成团的信捡了起来，他小心翼翼地把它展开，然后放进自己的口袋里。他决定把信留着，等见到孟瑶时，当面给她。

2004年6月的一个下午，正值大学毕业前夕。

姗姗坐在镜子前化妆，为即将到来的约会做精心准备。姗姗

清風明月本無價

性格活泼，善于交际，与孟瑶的性格形成了鲜明的对比，两人虽然性格迥异，却是无话不谈的好朋友。

“想不到陆骁是这种人。传说中的‘渣男’原来是这个样子的。”姗姗突然开口道，语气中带着一丝不屑。

孟瑶停顿了一会儿，才缓缓开口：“姗姗，不要这么说。我觉得陆骁不是那样的人。”

“他不是，那谁还是！三年了，这都马上毕业了，连个信息都没有。”姗姗的话语中，透露着十分的不满和不解。

孟瑶咬了咬嘴唇，坚定地道：“即使他是，我觉得跟他也没什么关系。我爱他，关他什么事，又不是他让我喜欢他的，千怪万怪，也怪不到他身上去！”

姗姗无奈地摇了摇头：“孟瑶，你中毒太深了，你醒醒吧！陆骁那样的人，不值得！”

孟瑶没有再说什么，只是默默地望着窗外。她知道姗姗是在关心她，也就不多做辩解了。

姗姗见孟瑶沉默不语，便换了话题：“孟瑶，你不要伤心，我觉得杨宇对你就挺好的。杨宇长那么帅，他和你青梅竹马长大，陆骁离你而去的这三年，杨宇无微不至给了你很多关怀。你跟他在一起，肯定会很幸福的。”

孟瑶转头看向姗姗，眼中闪过一丝感激：“姗姗，你不懂。我对陆骁是爱，可是对杨宇，却是亲情。”

姗姗叹了口气：“对，你对陆骁是爱，可是你也承诺等陆骁三年，可如今，你已经等了三年了，你总不能这么一直等下去？你总不能因为一个等不到的陆骁，荒废了终身？孟瑶，你醒醒吧！人啊，总不能一直活在梦境当中，该现实还是要现实一些的啊！爱情哪有永远保鲜的，再好吃的东西，吃多了也会腻；再美好的爱情，久了也就成亲情了。”

孟瑶瞅了瞅姗姗，一时不知如何应对，默默流下了眼泪。

姗姗接着道：“当然谁都渴望你爱的人，恰巧也爱着你！可是，世上哪有那么多浪漫的事，小说里写的都是骗人的！我妈说，找个你爱的，不如找个爱你的！找个你爱的，你会整天为他操心受累；找个爱你的，虽然感觉上差了那么一些，但是他会整天围着你转，你跟公主似的，想想，就是一件很幸福的事情。”

孟瑶的眼眶微微湿润了，她知道姗姗是关心她，是好意，但她却不愿意放弃对陆骁的等待：“姗姗，我明白你的意思。但是……”

姗姗看着孟瑶坚定的眼神，心中不禁感叹她的执着和坚定。

她知道孟瑶是一个有主见、有追求的女孩，不会轻易改变自己的想法。于是，她不再多说什么，只是默默地拥抱了下孟瑶：“孟瑶，我希望你能幸福。”

陆骁来到大队长的办公室，敬了个礼："队长好！"

大队长刘劲松放下手中的文件，指了指对面的椅子示意陆骁坐下，然后道："来，陆骁！你这几年在部队的表现很优秀，大家都看在眼里。"

陆骁谦逊地笑了笑，回答道："谢谢队长的夸赞，我会继续努力。"

刘劲松点了点头，接着说道："说吧，你找我有什么事？"

陆骁感激地看了大队长刘劲松一眼，然后说道："队长，我想请个假。我想到我原来上的大学去看一下我的同学，他们快毕业了。"

刘劲松闻言笑了笑，说道："这是好事啊！毕竟你们同窗过，感情肯定很深。你去吧，我给你批假！"

陆骁闻言大喜，连忙敬礼道："谢谢队长！"

陆骁回到了他阔别三年的大学校园。

到底要说还是同学感情深呢，黄秋刚、孙美俊和曾肇晖三人，很早就来到火车站接站。

晚上，陆骁班的同学为陆骁准备了接风晚宴，大家诉说着分别后这几年的变化。

黄秋刚端起酒杯，感慨道：“老大，你不在的这几年，我们都很想你，尤其美俊，他特别想你，想你的枸杞！”

孙美俊听到这话，辩解道：“秋刚，你别瞎说，我才没有整天念叨呢。”但笑声已经响起，大家都明白这是好友间的玩笑。

就在这时，孙美俊突然认真起来，对陆骁说：“老大，你回来了，总该要去看看孟瑶吧，她可一直在等你！”

黄秋刚也附和道：“是啊，老大，男子汉大丈夫，该表白的时候就别犹豫啊。”

陆骁听说孟瑶还在一直等他，激动不已。他按捺不住内心的激动，便前去找孟瑶。

陆骁去了图书馆，去了他们常坐的座位，没有找到；他去了他之前上完自修，和孟瑶一起散步的林荫小道，在那里，他看到了孟瑶和杨宇。

杨宇道：“对不起，孟瑶，我知道你可能不大喜欢我，可我是真心喜欢你。从小到大，到以后，你都是我心目中的唯一，我会永远保护你。”

孟瑶的声音带着一丝无奈和感动：“也许你说得对，喜欢一个人，久而久之，也就变成亲情了。比起一份遥不可及的爱情，亲情可能来得更加踏实和安全。”

杨宇深情地道："余生，就让我照顾你吧。无论发生什么，我都会呵护你。"

孟瑶听着杨宇的话，终于忍不住流下了眼泪。她靠在杨宇的怀里，任由泪水滑落。杨宇拥抱住孟瑶，用手轻轻拭去她的泪水。

这一幕让陆骁感到心如刀绞。他掏出自己在军营里写给孟瑶的信，那是他日夜思念、满怀期待写下的情书。然而此刻，那些文字在他眼里却显得如此苍白无力。他用力撕碎了信件，任由碎片在风中飘散。每一片碎片都像是他心头的伤口，痛得让他无法呼吸。

陆骁痛苦地转身离去，他重重地给了自己一个耳光，他心里暗暗道：如果有一天孟瑶过得不好，或者你自己过得不好，都是你自己造成的，你咎由自取！

就在陆骁转身离去的瞬间，杨宇突然感觉到自己的鼻子一阵热辣。他伸手摸了一下，发现手上竟然都是血。他愣住了，不知道发生了什么。

几天后，阳光透过树叶的缝隙洒在校园的小径上，毕业生们纷纷收拾行李，准备告别这个曾经孕育了他们四年的地方。上午10点，校园里已经弥漫着一种离别的气氛。

陆骁的假期已结束，必须赶回去。他是班里第一个离校的，黄秋刚等人都来送他。当陆骁走到当初大学报到的地方，不禁感慨万千。就在这时，他看到孟瑶和杨宇从校外走来，他们的出现，让陆骁的心情瞬间变得复杂起来。

杨宇和孟瑶也看到了陆骁，大家都僵在了那里。

杨宇走过去，道："好久不见。"

陆骁点点头，勉强挤出一丝笑容："好久不见。"他看了看孟瑶，发现她的眼神有些躲闪，似乎不敢正视他。这让他心里更加难受。

杨宇继续说道："我们还是兄弟吗？"

陆骁点了点头："永远是。"

杨宇接着道："如果我有事找你，你还会帮我吗？"

陆骁道："在所不辞！"

杨宇道："谢谢你，师兄！"

陆骁看了一眼孟瑶，又看了一眼杨宇，道："照顾好孟瑶！"

之后，便头也不回地走了。

孟瑶在这个特殊时间点见到陆骁，心里别提多么难受尴尬，她越想越懊恼，她为什么不再多等陆骁两天？

孟瑶转而一想：陆骁也太过分了，我等了你三年，你回来了，都要离开了，居然都没有跟我打声招呼！

孟瑶心里，由气渐而转恨了……

最好的缘分

就是浅浅地相识

浅浅地惦念

浅浅地惜

然后

突然有一天

彼此之间的思念

如潮水般汹涌

无法抑制

part 6

常德公寓

陆骁回到部队后，没多久，就到复员的时间了。

大队长刘劲松找到他，希望他能留下来继续为部队服务。他说：“陆骁啊，你这几年的表现一直很优秀，我们都很看好你。组织上和顾政委的意见，都希望你能继续留在部队。”

陆骁听后，深深地鞠了一躬，表示对组织和领导的感激。他说：“谢谢组织的关心，也感谢领导的器重。但我已经决定了，我准备去上海工作。”

刘劲松有些惊讶，他问道：“为什么？上海有那么吸引你吗？”

陆骁笑了笑，回答说：“是的，上海对我来说，有一种特殊的吸引力。但请您放心，我虽然离开了部队，但我的心永远都在部队。

“一朝着军装，一生为军人。虽然现在是和平年代，我可能发挥不了多大的作用，但如果国家需要我，我会毫不犹豫地回来赴命！”

刘劲松听后，沉默了片刻，然后点了点头，说：“好吧，我尊重你的意见，我也会向上级汇报的。但请记住，无论何时何地，你都是我们的兄弟，我们的骄傲！”

其实，陆骁本可以回大学继续完成学业，但他犹豫再三，决定还是不回去了。因为孟瑶和杨宇的关系，他不愿再回到那里。他害怕碰到孟瑶和杨宇时的尴尬，更害怕睹物思人时的难过。也许一年后或者几年后，他对这份感情能够释然，又或许依旧放不下……不论怎样，他现在不想回去，以后的事以后再说吧。

但他哪里知道，他没有回去，并没有了断他和孟瑶、杨宇之间的纠葛，相反，他一生的命运，都跟他们紧紧联系在了一起。

初到上海，陆骁的首要任务便是找到一个落脚点。

他想起他和孟瑶曾经提及过的张爱玲，那位活在历史中的才女，似乎她是他们在上海认识的唯一的“朋友”。于是，他决定“投靠”这位才女，选择了位于常德路195号的常德公寓，作为自己的临时住所。

在常德公寓安顿下来后，陆骁开始积极寻找工作机会。

他购买了大量的报纸，浏览其中的招聘会信息。

他特别倾向于选择位于浦东陆家嘴附近的工作岗位，因为那里是上海的金融中心，有着众多的楼盘销售策划公司。陆骁自信满满地认为，只要他足够认真和努力，就一定能够在这个行业中脱颖而出，取得出色的成绩。

经过一番精心的准备和面试，陆骁终于成功应聘上了一家上海楼盘策划销售公司。这家公司是国内做楼盘销售策划的佼佼者，以其专业的团队和优质的服务赢得了市场的广泛认可。陆骁深知这是一个难得的机会，他决心要在这里发挥自己的潜力，为公司的发展贡献自己的力量。

进入公司后，陆骁开始了他的职业生涯。他虚心向同事们请教，认真学习楼盘销售策划的专业知识，不断提升自己的业务能力。同时，他也充分发挥自己的沟通能力和团队合作精神，与同事们建立了良好的人际关系。

随着时间的推移，陆骁逐渐适应了上海的生活节奏和工作压力。他明白，在这座大都市中，要想立足并取得成功，就必须不断学习和进步。他坚信，只要自己保持初心和热情，一定能够在上海这个舞台上绽放出属于自己的光芒。

陆骁在上海的工作生活虽然忙碌，但他却从中找到了属于自己的充实和愉悦。每当他全身心投入到工作中时，那种专注和热情仿佛能点燃整个办公室。然而，当工作结束，夜幕降临，孤独和落寞，却如潮水般涌上心头。

黄昏时分，夕阳的余晖洒在窗边，陆骁总是站在那里，目光呆滞地看着黄浦江上来往的船只。那些船只仿佛在诉说着自己的故事，而他却像是被隔绝在另一个世界，无法融入其中。下班后的他，总是形单影只地走在高楼林立的上海街头，独自沉浸在孤寂和落寞中。

在公寓楼下，他会简单地吃一碗面或者一份客饭，然后默默地回到楼上。那些食物的味道仿佛已经变得无关紧要，他只是在机械地填饱肚子。然而，在这样的生活中，他常常会想起和孟瑶在一起的日子。

那些温馨而美好的时光仿佛是一幅幅画卷，在他脑海中缓缓展开。他记得自己曾对孟瑶说过："毕业了，我也想去上海！我感觉每天提着公文包，进出陆家嘴摩天大楼的感觉特别好！"而孟瑶则笑着回应道："那不错哈！那我以后，就可以经常找成功人士蹭饭啦？"

每当回想起这些话，陆骁心中便会涌现出无限痛惋和无奈。

在忙碌的都市中，陆骁如同一只不知疲倦的蜜蜂，每天重复着从常德公寓出发，穿越拥挤的地铁，最终抵达工作的地点；他又像是一片疲倦的云朵，每天飘来飘去，少了些许的波澜。

就在孟瑶答应做杨宇女朋友的三天后，杨宇不知什么原因被学校劝退了，也许是他想有更多时间照顾孟瑶吧。

一天清晨，就在陆骁刚刚踏出公寓大门的那一刻，孟瑶和杨宇也走进了常德公寓。

华姐是公寓的接待员，每天都与形形色色的租客打交道。然而，当她看到杨宇的那一刻，她的眼睛不禁一亮。她走上前去，热情地打招呼道：“这小哥真帅啊，你是杨先生吧？”杨宇有些不好意思地挠了挠头，讪讪地点了点头。

华姐接着转向孟瑶，笑着说道：“妹子，你真好福气，找这么帅气的男朋友。昨天杨先生来过电话了，你们的房间留好了，请跟我来！”

在前往房间的路上，华姐热情地为他们介绍着公寓的情况。她说道：“我们这公寓可是个风水宝地，住过很多名人呢！很多在我们这住过的人，事业上都顺风顺水，感情上都和和睦睦。他们在这住上没几年，都从这里搬出去买房子结婚啦！”

华姐的话，让杨宇听得乐开了花，他觉得自己选择这里真是选对了。然而，孟瑶却显得有些心事重重，她默默地跟在杨宇身后，没有说什么。

到了房间门口，华姐热情地为他们打开了房门，并详细介绍了房间内的设施和使用方法。孟瑶和杨宇感激地点了点头，表示会好好爱护这里。

华姐离开后，孟瑶终于忍不住开口了：“杨宇，我们干吗租这么好的房子，这太贵了！”

杨宇看着她，微笑着说道：“不贵，住好了才能工作好，才能赚更多的钱！而且，我觉得这里的环境和氛围都很好，对我们的发展会有帮助的。”

孟瑶听了杨宇的话，虽然还是有些担心租金的问题，但她也明白杨宇的用心。也就不再多说了。

一个周末的下午，陆骁和黄秋刚、曾肇晖及孙美俊，在上海的一个酒吧相聚。酒杯的相撞，发出清脆的声响，仿佛在为他们的重逢而欢呼。

黄秋刚：“老大，我们几个真是拆也拆不散的好兄弟啊！没想到毕业后，我们又都到上海工作了。这缘分，真是没谁了！”

陆骁笑着点头，眼神中透露出对过去的怀念：“是啊！我们真是缘分不浅呢！以后在上海，大家闷了，就可以在一起喝酒了。”

曾肇晖也插嘴道：“是啊，老大，你不在苏州的那几年，我们宿舍总感觉缺少了什么，一点劲也没有！”

黄秋刚接着道：“你不废话嘛！缺少了什么，当然缺少了老大啊！”

孙美俊道：“老大是我们的舍长，是我们宿舍的灵魂，缺少了老大，当然没劲了，你说呢，老大！”

陆骁被他们逗笑了，道：“哈哈，真有你们的！”

陆骁停顿了下，若有所思地接着道：“你们有孟瑶的消息吗？”

曾肇晖摇了摇头：“没有啊，毕业时，你离开后，我们也都先后离开了，只知道她和杨宇在一起了。”

黄秋刚拍了拍陆骁的肩膀：“你真是哪壶不开提哪壶！”

曾肇晖笑了笑：“老大这么问的嘛！”

陆骁挥了挥手：“不怪肇晖，都过去了。”

黄秋刚看了看陆骁，关心地问道：“老大，你住在哪里？我跟曾肇晖在浦东租了一套房，你搬过来，美俊也过来，我们宿舍就又到一起了，我们接着上演308宿舍上海版！”

陆骁摇了摇头：“我不去了，我自己住方便。”

黄秋刚调侃道：“找嫂子了？”

陆骁笑了笑，没有回答。

曾肇晖好奇地问道：“那老大，你住哪里？”

陆骁回答道：“我住常德路常德公寓。”

黄秋刚一拍桌子：“怎么这么熟悉？啊，我想起来了。你原来提过，那是一栋老房子，张爱玲好像就住哪里。”

曾肇晖看着陆骁，意味深长地说道：“看来老大还是没有忘记瑶姐啊！”

陆骁不好意思地笑了笑：“说什么呢！”

黄秋刚却笑了起来：“是就是了，那有啥不好意思的！”

陆骁叹了口气，没有再说什么。他知道，有些事情，过去了就过去了，再怎么追悔也无济于事。他端起酒杯，对黄秋刚等说道：“来，喝酒！”

四人碰杯，啤酒的泡沫在杯口溢出，就像他们过去的日子，虽然已经过去，但留下的回忆却永远珍藏在心中。

聚会结束后，陆骁独自走在回家的路上。他穿过繁华的街道，走过熟悉的小巷，回到了常德公寓。

房间布置得简单而整洁，一张床、一张桌子、一把椅子，还有一台老旧的电视机。他坐在床边，拿起遥控器打开了电视，却不知道该看什么。

他漫不经心地换着频道，脑子里想起了他和孟瑶在火车上相识的情景，想起了当他得知他和孟瑶是同一所大学时，他惊喜地感叹道“缘分啊”。

是啊，缘分，真的是一个很奇妙的东西。

它就像一条无形的红线，将两个来自不同世界、毫无关系的人紧紧相连，让他们在茫茫人海中相遇、相知、相爱。而有时，它又像是一位冷酷的月老，将两个深深爱恋的人无情地拆散，让他们在误解、失落和错过中痛苦挣扎。

它如同枝头的明月，静静地挂在夜空，照亮了你的窗口，也温暖了她的心房。它又如同一阵轻风，轻轻地拂过你的脸庞，带来了她的温柔和关怀。

缘分，有时像是一只美丽的天鹅，在宽阔的天河中相互遥望，却无法跨越那看似遥不可及的距离。而有时，它又像是一对木讷的鸡，虽然生活在一起，却索然无味，缺乏真正的交流和理解。

人们常常追问，何为缘来，何为分去？即使是西天的如来佛祖，也难以洞察世间一切的缘分奥秘。或许，我们应该顺其自然，像风一样自由自在，不受任何束缚。缘分，并非人力可以强求，它如同天下万物，皆有定数。如果我们过于执着，强求缘分，反而会弄巧成拙，失去更多。

有人说，最好的缘分，就是浅浅地相识，浅浅地惦念，浅浅地珍惜。这种缘分如同清晨的露珠，晶莹剔透，让人心生欢喜。然后，突然有一天，彼此之间的思念如潮水般汹涌澎湃，无法抑制。这种缘分，让人感到幸福而美好。

如若这么说，陆骁和孟瑶那就是人世间最好的缘分了！陆骁和孟瑶的缘分，就是这种美好的缘分。他们在一个有风的日子相识，从此，他们的思想便在风中自由徜徉、相互交织，形成了一幅美丽的画卷。

然而，人生苦短，爱一个人并不容易。因此，缘分并不是永恒的，它需要我们用心去呵护和维系。在这个过程中，大家要学会包容，更加珍惜彼此，只有当我们真正懂得珍惜，才能够让缘分长久地延续下去。

谁的青春不迷茫，谁的青春不青涩，又有谁的青春没有犯过错。陆骁时常沉浸在过往的回忆中，那些与孟瑶共度的时光，仿佛昨日之事。每当夜深人静，他都会深深检讨自己，陷入自责。然而，青春的过错，是否真的能用检讨和自责来弥补呢？

真的是造化弄人，陆骁和孟瑶这两位曾深深相爱的人，在这个偌大的都市中，居然都住进了同一所公寓。他们每天早出晚归，却如同两条平行线，从未有过交集。即使是在楼下的张爱玲咖啡馆，他们也是擦肩而过，未曾相遇。

有一天，陆骁下班回家，路过咖啡馆，看着玻璃窗内温馨的灯光和咖啡的香气，他犹豫了片刻，最终还是没能走进去，他怕进去了，浮想太多会伤感。

然而，就在他刚进入公寓的大门时，孟瑶却从咖啡馆里走了出来。孟瑶总是喜欢去哪里，也许那里有他们曾经的期许和约定，也许有一天，会跟陆骁在那里相遇。

就这样，两人错过了彼此，仿佛命运在捉弄一般。

更为神奇的是，每个月负责收房租的华姐，竟然成了他们在上海共同的朋友。华姐是个热情开朗的人，对每位租户都很关心。

有一天，华姐到陆骁那里收房租时，看到他一个人住，便关切地问道："陆先生啊，看你一表人才的，怎么不找个女朋友呢？一个人多孤单啊！你看人家楼下的那对小情侣，好像也是从苏州过来的，他们恩恩爱爱的，多幸福啊！"

陆骁心中一动，冥冥之中感觉到华姐说的那对小情侣有可能是杨宇和孟瑶。他按捺住心中的激动，试探性地问华姐道："他们叫什么名字？"

这时，华姐的电话突然响了起来。她拿起电话，说了一声"表弟啊"，然后就开始和对方聊了起来。华姐在电话里答应表弟要去参加一个聚会，随后便挂断了电话。

她跟陆骁打了个招呼，说要赶紧去收别的房客的房租了，晚上还有事，于是，便匆匆离开了他的房间。

华姐来到杨宇和孟瑶的房间收房租，杨宇让华姐在门口等他一会儿。杨宇回到房间从抽屉和衣服口袋里找出了一些零用钱。

华姐等了一会儿，不见杨宇出来，便好奇地蹑手蹑脚走进了房间。她看到杨宇在阳台上支了一张小床，外面拉了个帘子。

杨宇正在柜子里数钱，突然看到华姐走了进来。华姐为化解尴尬，但又好奇，于是道：“你们不睡一张床的？”

杨宇有些尴尬，解释道：“我们是兄妹，分开住的。”

华姐点点头，表示理解。

华姐应约，来到西餐厅，与表弟林建铭共进晚餐。

林建铭，是华姐的亲表弟，两人关系一直颇为亲近。华姐的哥哥早年离世，而林建铭作为家中的独生子，他们之间的亲情纽带便愈发显得深厚。无论是家中的大小事务，还是个人的喜怒哀乐，他们都会毫无保留地分享与倾诉。

这次见面，林建铭特意带来了一位特别的人物——他的新女朋友迟姗姗，她的出现让整个晚餐氛围都增添了几分亮色。

在华姐眼中，迟姗姗不仅是一个美丽的女孩，更是一个聪明、有才华的女性。林建铭对她的喜爱之情溢于言表。

晚餐期间，华姐与迟姗姗聊得非常投机。她们谈论了工作、生活以及未来的规划，彼此之间的观点不谋而合。华姐不禁感叹，表弟的眼光真是独到，能够找到这样一位优秀的女朋友。

整个晚餐在欢声笑语中度过，华姐也为表弟找到了真爱，而由衷地感到高兴。

一个晚上，大约七八点的样子，杨宇结束了忙碌的一天，回到了常德公寓。就在他上楼梯时碰到了一个女孩，他感觉面熟，就是想不起来在哪里见过。

那个女孩也有同感，她觉得自己似乎和这个男孩在某个地方有过交集，但记忆却是一片模糊。

两人就这样彼此看着，心中都充满了疑惑和好奇，但最终都没有打招呼，擦肩而过了。因为他们都不确定，自己是否真的曾认识对方。

这个女孩名叫朱娜，她通过一些渠道打听到了陆骁的住处，至于具体是通过哪个渠道打听的，按下后续再表。

她来到陆骁的房门前，轻轻地敲门。

“朱娜，你怎么找到这里来的？”陆骁打开门，看着站在门外的朱娜，有些惊讶地问道。

“陆骁，你不打算邀请我进来吗？”朱娜微笑着看着陆骁，语气中透露着一丝调皮。

陆骁也不知道该如何拒绝，便让朱娜进了房间。

他给朱娜倒了杯水，但朱娜并没有喝。

朱娜径直走到了屋内的小吧台，拿起半瓶已开的洋酒，倒了一杯，然后坐在了沙发上，“你这儿有好酒，也不邀请我喝一杯吗？”朱娜看着陆骁，微笑着问道。

杨宇和孟瑶吃过晚饭后，杨宇简单把屋子收拾了下，就去睡了，孟瑶也去睡了。

杨宇躺在床上，久久不能入睡。月光透过窗户洒在屋子里，营造出一种静谧而浪漫的氛围。杨宇透过帘子，隐约看到了孟瑶的身影，她躺在床上，身躯在月光的映衬下，显得柔美而宁静。

杨宇的心中涌起了一股冲动，他犹豫再三，终于鼓起勇气起身，慢慢走向孟瑶的床前。他轻轻地坐下，小心翼翼地靠近孟瑶。

孟瑶的肌肤在月光的映衬下，显得更加细腻光滑。杨宇的心跳加速，他忍不住俯下身，将手伸向了孟瑶。

朱娜端起酒杯，轻轻品了一口，满意地点了点头："这酒真不错！但你知道吗，再好的酒，一个人喝，也总是少了点什么。"她抬头看向陆骁，眼神中透着一丝期待，"陆骁，你不打算陪我一起享受这杯美酒吗？"

陆骁沉默了一会儿，没有回应。

"为了这美好的夜晚，干杯！"朱娜率先将杯中酒一饮而尽，然后将另一杯酒递给陆骁。

陆骁接过酒杯，看着朱娜那坚定的眼神，心中不禁涌起一股复杂的情绪。他不想驳朱娜的面子，于是也一饮而尽。

放下酒杯，朱娜看着陆骁，眼神中透着一丝柔情："陆骁，我知道你心里有孟瑶，我也知道你们曾经有过一段美好的感情。但是，孟瑶现在已经选择了别人，你难道就打算一直这样单身下去吗？”

陆骁没有立即回答，他深深地吸了一口气，然后缓缓地吐出。他知道朱娜说的是事实，但他也知道自己并没有完全放下孟瑶。

突然，朱娜一个纵身坐到了陆骁的怀里，她紧紧地抱住陆骁，仿佛要将自己整个人都融入他的身体里。

“陆骁，你知道我有多爱你吗？你知道我有多想你吗？”朱娜的声音有些颤抖，她的眼眶里泛起了泪光。

睡梦中，孟瑶感觉到有一只大手在她的腰间轻轻游走，这突如其来的触感，让她瞬间惊醒。她的第一反应是愤怒与恐惧，下意识地转身，一巴掌狠狠地打在了那人的脸上。

杨宇，正是那只大手的主人，他原本满怀期待与激动，却没想到会遭到这样的对待。他愣住了，心中充满了震惊与不解。他看着孟瑶，眼中闪烁着悲伤：“你……你为什么打我？”

孟瑶也意识到了自己的过激反应，她看着杨宇脸上的掌印，连忙道：“我……我……”

杨宇道：“孟瑶，从小到大，我都一直很喜欢你。我承认，我刚才的行为有些唐突，但我真的是因为喜欢你，才忍不住想要靠近你。你答应做我女朋友很久了，却从未让我真正拥有过你，我也是男人，我也有尊严。”

孟瑶听着杨宇的话，心中深感愧疚。她看着杨宇那受伤的眼神，心中涌起了一股莫名的情感，她轻轻地吻向了杨宇。

陆骁心中充满了复杂的情绪，他感觉自己有些对不住朱娜。他甚至有些自责，他喜欢孟瑶不可得；朱娜喜欢他，他却一直不搭理！

陆骁自从来到上海，一个人上班下班，形单影只，孤独感时常侵袭着他。即使他再坚强，也难以抵挡这无尽的寂寞。他知道自己需要有人陪伴，需要有人关心，但他的心却似乎已经被孟瑶占据，无法再容纳其他人。

朱娜轻声道：“陆骁，我知道你不喜欢我，我也没什么过多的要求，我只希望能亲你一下，也就满足了。”

陆骁一时不知如何作答。他看着朱娜那充满期待的眼神，心中涌起了一股复杂的情绪。他知道朱娜对他的喜欢是真心的，但他却无法回应她的感情。他不想让朱娜继续为他付出，却又不知道如何拒绝她的请求。

朱娜见陆骁没有吱声，便凑了上去，想要亲吻陆骁。陆骁心中一紧，他想要避开，但身体却仿佛被钉住了一般，无法动弹。他的心中充满了矛盾和挣扎，他不知道自己该如何面对这一切。

突然之间，杨宇的身体像是被电流击中，猛地一震。他瞬间清醒了过来，眼中的迷离与渴望，被惊恐与决然所取代。

他猛地推开孟瑶，像是触电般地跳下床，连连后退，嘴里喃喃自语："不行，不行，我们怎么能这样，我们是兄妹，我们怎么能这样！"

他的脸上充满了痛苦与挣扎，仿佛正在与自己的内心恶魔进行搏斗。

说完，他转身就跑向了阳台，回到了自己的床上，紧紧地蜷缩成一团，仿佛想要将自己从这个世界中隔离出去。

此刻，孟瑶的身影突然浮现陆骁的脑海中。她的笑容灿若桃花，那双明亮的眼睛仿佛能洞穿他的心灵。

陆骁的心中涌起了一股强烈的情感，他突然意识到，如果他今晚依了朱娜，与她发生了些什么，他可能会后悔一辈子。

他心中清楚，自己还没有忘记孟瑶，他对她的感情依然如初。尽管他知道孟瑶已经选择了别人，但他仍然无法割舍对她的思念。而且，他打心底里压根就不喜欢朱娜，他无法接受她的感情。

就在那一刻，陆骁的决心变得坚定起来。

他抵挡住了朱娜的温情，拒绝了她的请求。他的话语虽然温柔，但充满了坚定和决绝："朱娜，我们真的不行！"

朱娜看着他，眼中闪过一丝失望和痛苦，她明白，陆骁的决定是无法改变的。

朱娜羞愧难当地离开了。她的心中充满了痛苦和失落。她默默地承受着这份痛苦，转身离去，留下了陆骁一个人站在那里。

陆骁的心中充满了挣扎和矛盾，但他知道，他做出了正确的选择。

在这个宁静的夜晚，孟瑶和陆骁的心情都显得异常复杂。他们各自躺在床上，却无法入眠。月光透过窗户洒在他们身上，仿佛为他们的心事披上了一层银色的纱。

他们躺在床上，辗转反侧，无心入睡，于是披了一件衣服，走出了房间，来到了楼道的晾晒台。他们抬头望去，只见天空中月亮高挂，明亮而清冷。然而，那月亮却像一个被啃了一口的苹果，似乎在诉说着爱情的不完美。

是啊，爱情这回事，自古难全。然而，极具讽刺和戏剧意味的是，此刻他们都站在晾晒台，此刻他们都在翘首望月，此刻他们就在楼上楼下，近在咫尺，却远在千里。

2006年春，春光明媚，万物复苏。

陆骁正站在公司的落地窗前，俯瞰着繁忙的城市。这一年，他的工作表现异常出色，为公司带来了前所未有的业绩。他的智慧和勤奋，得到了公司高层的一致肯定和好评，也让他成为公司里的一颗璀璨明星。

公司最近决定涉足新的业务领域，由于新的楼盘项目逐渐增多，客户往往需要配套设施。在这个关键时刻，公司高层决定采纳陆骁的意见，开启一块新的业务，并由他主导运营。这对陆骁来说，既是一次巨大的挑战，也是一次难得的机会。他深知自己的责任重大，但同时也充满了信心和决心。

一天，陆骁正在公司忙碌地处理文件，陈秘书走了进来，递给他一份需要签署的文件。陆骁接过文件，认真地翻阅着。这时，电话铃声响起，是黄秋刚打来的。

"老大，恭喜你乔迁啊，我在成都出差，过不去，给你远程祝贺一下。"

"客气啥，先把工作忙好再说。"陆骁笑着回应道。

黄秋刚顿了顿，继续说道："老大，你这事业有成，兄弟们都替你高兴，不过，就差个嫂子了啊。哎，老大，听说朱娜也在上海呀……"

陆骁抢过话，道：“你就别操心我了，等你的个人问题解决了再说。”

黄秋刚哈哈一笑，说道：“我不着急，慢慢来。”

华姐自从上次到杨宇房间收房费，得知杨宇和孟瑶只是兄妹关系后，心里便开始打起了算盘。

华姐是个上海女人，精致而独立，但在感情路上却走得颇为坎坷，几任男朋友都是渣男，让她对爱情有些失望。现在她单身一人，生活虽然充实，但内心却渴望一份真挚的感情。

在接触杨宇的过程中，华姐觉得他非常朴实，没有那些花里胡哨、浮华的东西。这种真诚和朴实，正是华姐所欣赏的。于是，她萌生了一个想法——追求杨宇。

一天，华姐在接待处看到孟瑶上班后，便趁机拿了一瓶红酒，敲开了杨宇的门。

又一天，孟瑶要去出差，她在忙碌地收拾着行李。

杨宇关心地提醒道：“孟瑶，身份证别忘带了。”

孟瑶回过头来，微微一笑，回答道：“带了，我刚才已经装在包里了，放心吧。”说着，她指了指旁边的背包。

杨宇点了点头，走到孟瑶的行李箱旁，帮她把拉链拉好。

孟瑶感激地看了他一眼，说道："谢谢你，杨宇。我上个洗手间，马上就回来。"

孟瑶坐在前往浦东机场的出租车上，她再次检查了自己的小包，却突然发现身份证不见了。

她的心跳瞬间加速，手指迅速划过手机键盘，拨打了杨宇的电话。然而，电话那头却传来了"无人接听"的提示音。

孟瑶焦急万分，她知道没有身份证将无法登机。

她迅速对司机说："师傅，请掉头，我身份证忘带了。"

孟瑶急匆匆地返回了公寓，心中充满了不安和焦虑。

她用力敲门，却无人开门。

孟瑶用钥匙打开了门，看到的却是不堪的场景，杨宇和华姐正在偷情。

她瞪大了眼，不敢相信自己的眼睛。

华姐慌乱地抱着衣服，从杨宇的房间里匆匆逃走。

杨宇深吸了一口气，努力平静自己的心情，"孟瑶，你都看到了，实在抱歉。"杨宇的声音低沉而诚恳。

孟瑶愣住了，她无法接受眼前的事实。她瞪着杨宇，眼泪在眼眶里打转。

“杨宇，你怎么会是这样的人！”孟瑶的声音充满了失望和愤怒。

杨宇低下了头，他知道自己的错误无法弥补。他深吸了一口气，继续说道：“孟瑶，我越来越觉得我们不适合。我觉得我们之间更多的是兄妹关系，之前，是我没有认识清楚，错误地将这种关系当作爱情。”

孟瑶默默地听着，心如刀绞。她不敢相信杨宇竟然会说出这样的话。她紧紧咬着嘴唇，不让眼泪流下来。

杨宇继续说道：“还有，我觉得，你妈说得也对。我什么都没有，没有钱，没有房子，也没什么本事。在上海生活起来会很辛苦，也不能给你很好的庇护。你找个有房有车的，我也找个有房有车的，我们不就都过得舒服了吗？相濡以沫，不如相忘于江湖，也未必不是一个很好的选择。楼下的华姐很有钱，家里还有两套房子……”

孟瑶终于忍不住了，她打断杨宇的话，哭泣着说道：“不要说了，杨宇你变了，变得没有骨气，变得很贱！”

杨宇道：“对不起，孟瑶，这世界没有什么是一成不变的。我们既要学会改变，也要学会接受！”

孟瑶痛哭流涕，道：“原来这世界上，没有什么是坚不可摧的；二十多年来，我们的感情经得起风雨，却经不起平凡。”

杨宇叹了口气，继续说道："我们分手吧，孟瑶。"

孟瑶震惊地看着杨宇，仿佛听到了世界上最残忍的话。她哭着说道："我不是你唯一的亲人吗，怎么就说分就分！"

杨宇无奈地摇了摇头，他知道自己已经伤了孟瑶的心。他继续说道："亲人又能怎样，你能给我想要的吗？孟瑶，现实点吧，找个对你好点的。我们都是从小地方来的，在上海这样的大都市都不容易。"

说完，杨宇准备走出房间。他的眼里噙着泪水，但他没有回头。他在门口撂下一句："房租我交了半年的，你住吧。"

杨宇跟孟瑶分手后，给陆骁发了一条信息：

你好，师兄，我是杨宇。从一开始，我便发觉孟瑶喜欢的是你。是我太自私了，我已经和孟瑶分手了。孟瑶住在上海常德路139号常德公寓，常去楼下的咖啡厅。希望你能照顾孟瑶一辈子。欠你的情，这世还不了，来世再还。

这人生啊

还真是一袭华美的袍子

不穿不行

穿了却爬满了虱子

这爱情啊

就像是一杯香醇的酒

不喝极想

喝了却有毒

part 7

生命如此凉薄

一个周末的午后，乌云密布，陆骁开车出门办事，刚好路过常德路张爱玲咖啡馆，他不自觉还是去了那里，他神情有些犹豫。

他停下车，走进了这家咖啡馆。店内装饰简洁而别致，弥漫着淡淡的咖啡香。他环顾四周，突然，他的目光锁定在了一个熟悉的身影上——孟瑶。

陆骁走到她的面前，有些犹豫地问道："同学，你也喜欢张爱玲啊？"

孟瑶抬起了头，发现是陆骁，惊呆了，半晌她才缓过劲来，轻轻地点了点头，回答道："嗯！"

那时，孟瑶抬起头的一刹那，两人的目光交会在一起，仿佛回到了那个火车上初次相遇的时刻。当时的他们，还是年轻的大学生，对未来充满了憧憬和期待。如今再次相逢，他们都感到非常感慨。

陆骁道："真巧，你也在这里啊？"

孟瑶浅浅地笑了笑，回答道："是啊，没有早一步，也没有晚一步，刚巧赶上了……”她的话语中透露出一种宿命感，仿佛他们的相遇是命中注定。

陆骁道：“我们是在千万人之间、千万年之中吗？”

孟瑶会心地笑了。

陆骁接着道：“不请我坐下吗？你可是答应过我，可以蹭你咖啡的！”

孟瑶想起了之前，他们在上学时，一起在春水古镇的场景，于是，连忙请陆骁坐下。

两人坐定后，陆骁轻轻喝着咖啡。

孟瑶道：“你怎么想到来这了？”

陆骁道：“今天刚好办事路过，想起了上大学时候的向往，于是，就想着进来看看，看看你在不在，结果你还真在。”

两人相视而笑。

陆骁道：“这些年，你还过得好吗？”

孟瑶若有思索地停顿了会儿，顺手拿过一本张爱玲的书，道：“这人生啊，还真是爬满了蚤子的袍，再美的生命，也不过是隔靴搔痒罢了，无所谓过得好不好。你呢，高大帅气、事业有成的你，你还好吗？”

陆骁支支吾吾，道：“我……”

孟瑶见不语，接着打趣道：“是不是你眼界太高，没人入你的眼啊。”

陆骁道：“不是的。”

孟瑶笑着道：“那是什么？”

陆骁苦笑了一下道：“我记得你曾经说过，有一种爱情，叫作望一眼，便是一辈子。”

孟瑶看着陆骁深情的眼神，他想起了上大学时第一次他们目光相对时的情景，立马如一股电流过身，百感交集，道：“对不起，我等了你三年，我不知道你会回来。”

陆骁也想起了上大学时的过往，道：“说对不起的应该是我。是我多疑、太冲动，才……对不起，孟瑶。”

陆骁说着热泪涌出。

孟瑶道：“都是过去的事了。”

沉默了一会儿，陆骁道：“杨宇还好吗？”

孟瑶道：“我们分手了。”

陆骁道：“为什么？”

说到这，窗外突然电闪雷鸣，一个霹雳，随即大雨倾盆。

孟瑶道：“生命如此凉薄，无法厮守终生的爱情，不过是人在长途旅程中，来去匆匆的转机站，无论停留多久，始终要离去坐另一班机。”

陆骁道：“不可能，我不相信杨宇是这样的人。”

孟瑶道："我也不相信，但事实却是这样。"

陆骁道："对不起，孟瑶，都是我的错！"

孟瑶道："你不必自责，生在这世上，没有一样感情，不是千疮百孔的。再说，爱情这回事，爱了就爱了，不爱就不爱了，本来就没有谁对谁错的。"

陆骁道："孟瑶，你受苦了。"

说着，两人泪如泉涌。

陆骁决定放下过去，他深知现在的孟瑶，需要的不只是简单的问候和陪伴，更是一个可以信赖和依靠的伴侣。

更重要的是，陆骁发现自己根本无法放下对孟瑶的爱，这份情感，早已成为他生命中不可或缺的一部分。每当想起她，心中总会涌起一股暖流，那是属于他们之间独有的默契与温度。

经过一段时间的深入交往，陆骁觉得是时候向孟瑶表白了。他不想再让彼此错过，不想再让这份来之不易的爱情，从手中溜走。

在一个温馨的夜晚，他向孟瑶表白了，他希望她能成为他生命中的另一半。

孟瑶被陆骁的真诚所打动，她知道自己也深爱着这个男人。

经历了这么多波折后，他们更加珍惜这份来之不易的爱情，决定携手共度未来的岁月。

转眼之间，2008年悄然而至，陆骁和孟瑶这对经历了无数波折的恋人终于要步入婚姻的殿堂。两家人赶来，齐聚上海，为这对新人送上祝福。

陆骁的父母热情地邀请孟瑶的父母住在家里，但是，孟瑶的父母却坚持要住在孟瑶小姨家，陆骁和孟瑶理解并尊重了父母的决定。

在上海的一家知名餐厅里，两家人终于见面了。餐厅的包间内装潢典雅，电视里正播放着北京奥运会的精彩镜头，为这个特殊的日子，增添了几分喜庆和热闹。

然而，当两家人见面时，却发现了一个巧合——陆骁的父亲，竟然是孟瑶小姨当兵时的领导。这个意外的发现，让两家人倍感亲切，亲上加亲。大家纷纷感叹缘分的奇妙。

第二天，孟瑶的小姨陪着孟瑶的母亲一起出门，为即将到来的婚礼挑选用品。两人穿梭在繁华的街道上，笑声和谈话声此起彼伏。

孟瑶的母亲感慨地对孟瑶小姨说："小妹啊，这次我和你姐夫到上海，住在你家里，可真没少给你添麻烦啊。"

孟瑶小姨听后，笑着摇了摇头："你说啥呢，姐。看到瑶瑶和陆骁马上就要结婚了，我高兴还来不及呢。家里多几个人，热闹得很。"

两人聊起了昨天的见面，孟瑶小姨感叹道："哎，你说也巧，陆骁的父亲，居然是我当兵时候的领导。昨天和他们一家吃饭，看到陆骁长那么大，真是打心底里高兴。"

孟瑶母亲听后，也露出了欣慰的笑容。她深知孟瑶和陆骁走到一起的不易，此刻听到孟瑶小姨的话，更是感慨万分。

孟瑶小姨接着说道："不过呀，陆骁这孩子真是不容易！"

孟瑶母亲心生狐疑，接着道："他家情况不是蛮好的，怎么会不容易？"

孟瑶小姨道："姐，你不知道……"

陆骁被孟瑶的父母单独喊了出来，他们神色凝重，似乎有什么重要的事情要交代。陆骁心中不免有些忐忑。

孟瑶的母亲看着他，沉默了一会儿，然后开口道："陆骁，你这个孩子不诚实，你和瑶瑶处对象之前，为什么不把你所有的情况说清楚！"

陆骁一愣，不明白孟瑶母亲的话是什么意思。他问道："阿姨，我是什么没有说清楚？"

孟瑶的母亲看着他，眼中闪过一丝不满：“我们打听过了，你现在的父母是养父母，你的生身父母去世了，你的母亲是聋哑人。”

陆骁道：“是的，阿姨，这有什么问题吗？”

孟瑶的母亲看着他，语气有些严厉：“这可能会遗传，阿姨不能接受，你和瑶瑶生的孩子……”

说着，孟瑶的母亲就失声哭了起来。

陆骁安慰道：“阿姨，我母亲是后天发烧所致，不会遗传的。您看看我，我不是好好的吗？”

孟瑶的母亲看着他，眼中闪过一丝犹豫，但她还是坚持自己的立场：“陆骁，我就瑶瑶这一个孩子……”

说着，孟瑶的母亲就越发哭得伤心了。

陆骁道：“阿姨，您的意思……”

孟瑶父亲对孟瑶母亲道：“都这会儿了，还说这些干啥！”

陆骁道：“这事孟瑶知道吗？”

孟瑶父亲道：“知道。”

陆骁道：“她的意见呢？”

孟瑶父亲道：“她跟你阿姨吵了一架。”

陆骁道：“好的，阿姨，那我先走了。”

孟瑶父亲对陆骁道：“噢，对了，这事你不要给孟瑶说啊！不然，她又要怪我们了。”

陆骁道：“好的，知道了。”

晚上，陆骁躺在床上，夜色渐渐笼罩了房间，他的内心如同被厚重的黑暗所覆盖，痛楚难以言表。

孟瑶看着陆骁沉重的表情，轻声问道：“你是哪里不舒服吗？”

陆骁摇了摇头，勉强挤出一丝笑容：“没有。”

孟瑶看出了他的不对劲，坐起身来，认真地看着他：“是不是我妈给你说什么了？”

这时，陆骁想起了下午临别时孟瑶父亲的嘱咐，他长叹一口气道：“没有。”

孟瑶道：“那你是怎么了？”

陆骁：“没什么。睡吧，不早了。”

第二天早上，阳光透过窗户洒进房间，陆骁早早地醒来，开始为新的一天做准备。他站在镜子前，仔细地打好领带，然后亲吻并拥抱了一下孟瑶。

“我去公司处理个紧急订单，中午想吃什么，你跟我妈说，让她给你做。”陆骁轻声道。

孟瑶笑着回应道：“哪能让阿姨总伺候我呢，我自己做吧。”

陆骁笑着摇了摇头：“你现在是准媳妇，就让我妈辛苦一下，等她老了，你再伺候她。”

孟瑶听了这话，脸上露出了幸福的笑容。孟瑶帮助陆骁打好领带，这时，陆骁的目光不经意间，落在了孟瑶脖子上的护身符。他想起了孟瑶和杨宇小时候的事情，心中不禁有些醋意。

孟瑶察觉到了陆骁的目光，她看了看护身符，然后解释道：“陆骁，你也知道，我跟杨宇从小一起长大，像兄妹一样。他一直很照顾我，这个护身符是他小时候给我的。我答应过他，要一直戴到结婚。明天我就摘下来。”

陆骁道：“好！”

说完两人笑了，各有滋味。

正在这时，孟瑶母亲来电话了。

陆骁见状就告辞先走了。

陆骁去公司后，孟瑶在家里忙碌地收拾着结婚用的东西。突然，电话铃声响起。

“瑶瑶，恭喜你啊，明天就要结婚了。”电话是姗姗打来的。

孟瑶笑着回应道：“谢谢你啊，姗姗，你们也要抓紧啊，都处了那么久了，还不结婚！”

姗姗笑着道："我们观念不一样，我又不打算要孩子，那么着急结婚干吗，趁着年轻能玩动，多玩几年。"

"真是羡慕你们啊！"孟瑶感叹道。

姗姗沉默了一会儿，突然说道："哎，孟瑶，我想起来个事，不知道当讲不当讲。"

孟瑶心中一动，她感觉到姗姗的语气有些异样，于是认真地说道："怎么了，你说姗姗！"

姗姗道："前几天，我和我男友去春水古镇玩的时候，看见杨宇坐在桥边卖画，筹钱看病，看样子病得很重，我一直想跟你说，但又不知道怎么说。"

孟瑶听了这话，心中猛地一紧。她想起了和杨宇在一起的时候，杨宇一直吃药，而且瓶子上没有字。她曾经问过他，他总是含糊其词，不愿意多说。

她突然想起了杨宇曾经一段时间一直掉头发，而且看起来很疲惫。她曾经问过他，他总是轻描淡写地说是因为工作压力太大。

她心中涌起一股莫名的恐惧，感觉要出大事了。她追问道："杨宇怎么会缺钱呢？"

姗姗叹了口气，继续说道："我男朋友跟华姐是亲戚，听华姐说，杨宇在上大学的时候，就患了白血病，他感觉自己剩余的时间不多了，于是他就故意不去考试，故意和学校老师顶撞，让学校开除他，为的就是能有时间多陪陪你。后来他感觉自己剩下的日子不多了，不想拖累你，于是就请华姐帮忙，故意制造假象，让你捉奸在床。”

孟瑶听到杨宇的遭遇，不禁流下了眼泪，道：“那你怎么不早说啊？”

姗姗哭着道：“我男友告诉我这些的时候，你已经跟陆骁在一起了，我也不能破坏你和陆骁啊！”

接到姗姗的电话后，孟瑶的心里乱糟糟的，就像有一万头大象在奔腾，有一万支针在扎。

她为杨宇的举动所感动，也为此感到愧疚，是她错怪杨宇了。

她知道杨宇现在的处境很可怜，也很危险。他的父亲仍在坐牢，母亲不知所踪，唯一的亲人奶奶也去世了，现在又病成这样，他哪里来的钱看病？有没有人照顾他？他现在的状况如何，是死是活？

她想去看他，但是明天就要结婚了，这个时候也不适宜走开。她想结完婚再去看她，可是她和陆骁结婚典礼结束后，就要直接去机场，乘飞机去国外度蜜月了，一个多月后才能回来。杨宇病得这么重，一个多月后度蜜月归来，万一杨宇不在了怎么办？

她想给陆骁打电话，但又怕杨宇的出现，会影响她和陆骁的感情；她害怕陆骁知道后，万一他的情绪起波澜，会影响他们第二天的婚礼。但她实在放心不下杨宇。

她突然有了个想法，她想先去看一眼杨宇，如果杨宇的病情不是很重，她也就放心了，也就不惊动陆骁了，而且春水古镇到这里也就几十公里，当天就能往返。

想到这儿，孟瑶顺手拿起挎包，就冲出门外去了……

孟瑶坐在出租车上，心神不宁。她不断地拨打杨宇的电话，可是电话那边传来的声音，一直都是："对不起，您拨打的电话已关机。"这让她更加焦虑，心里像是有团火在烧。

出租车在春水古镇的门口停了下来，孟瑶匆匆付了钱，就急急忙忙地走了进去。她四处寻找，希望能找到杨宇的踪影。古镇的石板路、古色古香的建筑，还有悠闲的路人，在她眼里都已经变得模糊不清。

突然，她碰到一个在门口卖刺绣的阿婆，心里一动，连忙走上前去问道："阿婆，您知道有个叫杨宇的人住哪里吗？他会画画。"

阿婆抬起头，眯着眼睛打量了她一会儿，然后慢悠悠地说："是不是个高高的？"

孟瑶心里一喜，急忙点头："是的，阿婆，您知道他住哪里吗？”

阿婆指了指楼上，道：“他就住在楼上，不过……”她顿了顿，又补充道，“他最近好像生病了，一直没怎么出门。”

孟瑶的心里一沉，但她还是强装出笑容，谢过阿婆后，就匆匆上楼去了。

天色渐渐暗淡，阴云如墨染天际，时而雷鸣轰响，暴雨的脚步声，已然在耳畔回响。

陆骁结束了繁忙的工作，回到家中。然而，到家后，却发现孟瑶不在家。

孟瑶推开门，映入眼帘的是一片混乱的景象。

出租屋里，杂物散落一地，桌上放着奶奶的遗像。杨宇躺在床上，面色苍白，气息微弱，仿佛死神随时都可能将他带走。

看到这一幕，孟瑶的心如被重锤击打，瞬间泪流满面。她哭腔道：“杨宇，你怎么了，快起来啊！”

杨宇微微睁开眼睛，看到孟瑶，他的眼中闪过一丝光芒。他努力挤出一丝笑容，轻声说道：“孟瑶，你来了。我以为，我再也见不到你了。”

孟瑶泪如雨下，摇头道：“别胡说，你会好起来的。我扶你起来，咱们上医院。”说着，她试图扶起杨宇。

杨宇轻轻摇头，声音微弱地说：“不用了，没有用的。这病不是三天两天了，看不好了。上学时就有了。”

孟瑶的心如被刀割，哭得更凶了：“别胡说，你会好的。”

杨宇看着她，眼中充满了无限的愧疚和难耐：“孟瑶，原谅我没有把实情告诉你……”

孟瑶摇头道：“你不要说了，我都知道了。你怎么那么傻，你怎么都不告诉我。”

杨宇轻叹一声，说道：“我家条件不好，从小到大，都是你照顾我，我怎么还能再拖累你。”

孟瑶哭道：“没有啊，你不也一直在照顾我吗？”

杨宇的眼中闪过一丝温暖的光芒，他轻声说道：“傻瓜，我是你哥呀。”杨宇停顿了一下接着道，“陆骁，对你好吗？”

孟瑶哭着点头道：“好！”

杨宇道：“陆骁是个可靠的人，由他照顾你，我也就放心了。”

孟瑶心中一紧，急忙说道：“快起来，我们去医院。你会好起来的。”

她说着就要扶起杨宇，但杨宇却拒绝了：“不用了，好不了了。”

孟瑶道："不，你能的。你要好起来，我们一起生活，我和陆骁一起照顾你，你一定会好起来的！"

听到这里，杨宇很是感动，泪流不止，但他仍然摇头道："别傻了，快回去吧。"

孟瑶急了，泪水再次涌了出来："我不能走，现在奶奶也走了，你不是我哥嘛，我是你唯一的亲人，你现在这么危险，我离开了，谁来照顾你？走，咱们上医院，我打120！"

孟瑶说着便拿出手机，拨打了120急救电话。

打完电话后，孟瑶扶起杨宇，搀着他下楼了。

春水古镇，是一个非常古老的镇子，镇上河流密布，桥梁众多，车辆是没有办法开进来的，所以孟瑶只有想办法把杨宇扶到古镇口，才可以坐上救护车。

就在他们下楼，没有走多远，这时，暴雨突然降临，大雨倾盆，孟瑶和杨宇像两只不能靠岸的水鸟，在暴雨来袭的大海上漂泊。

陆骁回到家后，四处找不到孟瑶，便拿起手机，给孟瑶打电话，但是电话一直无人接听。

陆骁的眉头紧锁，焦虑在心头蔓延。他不断地想着孟瑶可能会去的地方，同时也不停地拨打着电话，希望下一秒就能听到她熟悉的声音。

然而，暴雨似乎也在加剧着他的不安，雨水敲打在窗户的玻璃上，局促而狂躁，也像是敲打着他的心门。

孟瑶背着杨宇，在大雨中艰难地向古镇口进发。

雨水顺着她的脸颊流下，与她的泪水交织在一起，无法分辨。她咬紧牙关，一步一步地往前挪，心中的焦虑与担忧，像沉重的石头，压得她喘不过气来。而此刻，她口袋里的手机也一直在不停地响着，仿佛是来自另一个世界的呼唤。

然而，孟瑶背着杨宇，根本无暇顾及那不断响起的手机。

杨宇在她的背上，微弱地呼吸着，每一次的起伏，都让她感到无比的庆幸和担忧。她不断地在心里祈祷着，希望救护车能快点到来，希望杨宇能坚持住。

终于，在孟瑶几乎快要支撑不住的时候，他们抵达了古镇口。

而此刻，救护车也刚好开了过来。医护人员迅速下车，上前帮忙。

“快！快把他放下来！”医护人员急促地喊道。

孟瑶小心翼翼地将杨宇放下，然后立刻拿起手机想要接电话。可是，医护人员却急忙阻止了她：“先别接电话，快点上车！我们要马上送他去医院！”

孟瑶看了一眼手机屏幕上的来电显示——是陆骁。她心中一紧，但知道此刻最重要的是杨宇的安危。于是，她掐断了电话，搀扶着杨宇上了救护车。

在救护车上，孟瑶看着杨宇苍白而虚弱的脸庞，心中的担忧更甚。而此刻，她看到手机屏幕上显示着陆骁打来的几十个未接电话和一条信息：“你在哪里？”

就在这时，医护人员问道：“你是他什么人？”

孟瑶道：“朋友。”

医生皱了皱眉：“快通知他的家人过来吧，病人很危险。怎么现在才往医院送！”

孟瑶的心中一痛，她知道杨宇已经没有家人了。在这个世界上，她就是他唯一的亲人。她深吸一口气，看着医生说：“不，我就是他的家人！”

医生看了她一眼，然后点了点头：“那你就不能离开了。这里有什么事，得随时找你。”

孟瑶点了点头，然后看向杨宇。他的眼睛微微睁开了一条缝，看着她虚弱地说：“孟瑶，不要离开我……”

孟瑶的泪水再次止不住地流了下来，她紧紧地握住他的手说：“我不会离开你的，杨宇。你一定要坚持住！”

而此刻，陆骁的电话再一次打了过来。孟瑶看了一眼手机屏幕上的来电显示，然后接通了电话："陆骁……"

"你在哪儿，孟瑶？"陆骁的声音带着焦急。

孟瑶道："我……我在杨宇这呢，杨宇他……"

陆骁道："他什么他……果然你们……"

孟瑶的心中一痛，她知道陆骁误会了。她急忙解释道："陆骁，你在说什么啊？我……"

陆骁道："你不是想知道你妈给我说什么了吗？她想悔婚，是你已经知道了，还是你同意了？不是要悔婚吗？好，我同意总可以了吧！"

正在这时，孟瑶的手机"嘟嘟"两声没电了。

孟瑶愣住了，她没想到陆骁会这么说。她想要再解释，可是却发现手机已经没电了。她看着黑屏的手机，心中充满了无限的难过、无奈和焦虑。

而此刻的陆骁，再次拨打了孟瑶的电话。然而，那边却传来了关机的声音。他愣住了，心中的怒火和痛苦像潮水一样涌上心头。他无法接受孟瑶的背叛，更无法接受她要离开他的事实。

他一拳打碎了对面的镜子，镜子的碎片飞溅而出，划破了他的皮肤，鲜血顺着伤口滴落下来。然而，他仿佛感觉不到疼痛一样，只是呆呆地看着那破碎的镜子，仿佛看到了自己破碎的心。

朱娜，一个漂亮而又执着的女子，自从上大学那一次偶遇，便深深喜欢上了陆骁。

这么多年来，似乎再也没有其他男子能够走进她的内心。陆骁的一举一动，都在她的心中激起了层层涟漪。然而，当她得知陆骁即将与孟瑶步入婚姻的殿堂时，她的心中不禁涌起了一股难以言喻的酸楚。

这天晚上，朱娜约上了蒋琨等三位好友，一同借酒消愁。

在昏黄的灯光下，四人围坐在桌边，空气中弥漫着淡淡的酒香和一丝丝忧伤。朱娜的眼神有些迷离，她轻轻地抿了一口杯中的酒，嘴角勾起一抹苦涩的笑容。

蒋琨看着朱娜这般模样，心中不禁有些不忍。她劝道：“朱娜，你就放下吧。陆骁都要结婚了，你再这样折磨自己又何必呢？”

张惠惠也附和道：“是啊，朱娜。你值得更好的人。何必为了一个不属于你的男人而伤心呢？”

赵雨霞道：“朱娜，咱们明天一起去参加他的婚礼，你给他打个电话吧！”

在几位好友的怂恿下，朱娜鼓起勇气给陆骁打了一个电话。

电话接通后，她有些紧张地说道：“陆骁，明天你就要结婚了。我……我想参加你的婚礼，可以吗？”

而此时的陆骁正陷入深深的苦恼之中。他想到孟瑶对杨宇一直念念不忘，想到孟瑶的母亲要悔婚，嫌弃他的母亲是聋哑人，就心如刀割般刺痛。他觉得自己仿佛被戴了绿帽子一般，被深深地羞辱和刺伤了。

就在这时，朱娜的电话打了进来。听到朱娜的声音，陆骁的心情稍微平复了一些。他想到朱娜一直以来的默默付出和对自己的深情厚谊，心中不禁涌起了一股暖流。他深吸了一口气，然后说道：“朱娜，你在哪？”

朱娜和蒋琨一听，立刻感觉到了事情的不同寻常。她们互相对视一眼，心中都有了计策。

蒋琨是个果断的人，她立刻给朱娜出主意，低声细语地告诉她应该如何行动。

朱娜听着，不断点头，眼中闪过一丝坚定。她们都知道，这次是个难得的机会，只要按照计划行事，就可能把陆骁拿下。

陆骁赶到餐厅时，蒋琨等三人已经离开了。他环顾四周，发现朱娜端坐在那里等他。

陆骁倒着酒，朱娜却注意到他的手破了。她心中一紧，忍不住关切地问道："你的手怎么了？"

陆骁顿了顿，苦笑道："孟瑶逃婚了。"

朱娜一听这话，着实吓了一跳。但她很快反应过来，心中竟然隐隐有一丝窃喜。她尽量掩饰自己的情绪，试探着问道："是因为杨宇吗？"

陆骁欲言又止，似乎并不想多谈这个话题。

朱娜见状，知道自己不该多问，便打住不再往下说。她改口安慰道："逃了就重新找呗，天下女人多的是，何必非孟瑶不可！"

陆骁瞪了她一眼，似乎对她的说法并不满意。

朱娜见状不妙，就赶紧打住，不再多言。

陆骁沉默片刻，突然拿起红酒瓶，给自己倒了一满杯酒。他一饮而尽，似乎想借酒消愁。

朱娜看着他，心中五味杂陈。她知道陆骁此刻一定很痛苦，但她却无法为他分担。

陆骁喝完酒后，脱下西服外套，一边脱一边感叹道："唉，这人生啊，还真是一袭华美的袍子，不穿不行，穿了却爬满了虱子。"他的语气中充满了无奈和苦涩。

朱娜听着他的话，心中一阵揪痛。她突然有些急切地说道："你这到底是怎么了嘛，好端端的，马上要结婚了，怎么突然又……"她的话还没说完，就被陆骁打断了。

陆骁又拿起酒瓶，给自己倒了杯酒。他举杯向朱娜示意："来，干杯！"说着便一饮而尽。

朱娜看着他，心中的情感更加复杂了。

陆骁喝完酒后，看着手里的酒杯，若有所思地说道："这爱情啊，就像是一杯香醇的酒，不喝极想，喝了却有毒！朱娜，我中毒了！"他的眼神中透露出深深的痛苦和无奈。

朱娜听着他的话，心中一阵悸动，道："陆骁，这么多年，我怎么对你，你又不是不知道。而你却又怎么对我的？"她的语气中充满了幽怨和委屈。

陆骁听着朱娜的话，心中一阵愧疚。他知道自己对朱娜一直有些冷淡和忽视，但他却无法改变自己的心。他沉默了片刻，然后说道："朱娜，我……"

他的话还没说完就被朱娜打断了："别说了，陆骁，我都知道。但是我不后悔，因为我喜欢你。"她的语气坚定而执着。

听到朱娜的话，陆骁震惊地看着她，一时之间竟然不知道该说什么好。

朱娜看着他的反应，心中一阵失落，但她并没有放弃，继续说道："陆骁我知道你心里只有孟瑶，但是我不在乎。只要能和你在一起，我什么都愿意。"她的眼神中充满了坚定和执着。

陆骁不知不觉，喝得有点多。虽然喝得有点多，但是他意识到此地不宜久留，久留要出事的。于是，他起身对朱娜道："谢谢你，朱娜！我要先回去了。"

说完，陆骁拿起衣服径直出门去了。

陆骁在滂沱大雨中，摇摇晃晃地行走着，他的眼神空洞，仿佛失去了灵魂，任由雨水无情地拍打在他的身上。他的心情沉重，思绪混乱，不知道该如何面对目前的窘况。

就在这时，他看到一个身影向他奔来，手里还拿着一把伞。他依稀感觉到这是孟瑶的身影，心中涌起一股莫名的亲切感。

然而，还没等陆骁看清楚送伞的人的脸，还没有等他反应过来，朱娜直接扑向了他，并深深吻上了他。

不是说

有一种爱叫作放手

如果我还爱着你

为了你的幸福

我会放弃一切

包括你

part 8

烈日灼心的婚礼

孟瑶的手机没电后，她心中充满了焦虑，生怕陆骁因为联系不上她而误会。同时，她也十分担心杨宇的安危，他的生命危在旦夕，每一秒的流逝，都让她感到无比煎熬。

在医院里，孟瑶找到了一个插座，迅速给手机充上电。她时刻关注着杨宇的抢救情况，内心充满了祈祷和期待。

经过医生和护士们的全力救治，杨宇终于被抢救了过来，暂时脱离了生命危险。杨宇静静地躺在病床上，挂着点滴，脸色苍白。

孟瑶看到杨宇脱离了危险，心中的大石终于落地。她走到病房门口，深吸了一口气，拨通了陆骁的电话。

蒋琨等人事先帮朱娜开好了酒店，但是酒醉的陆骁却坚持要回家。

朱娜顺从了陆骁的心愿，送他回家了。等朱娜好不容易才把陆骁扶到了陆骁家门口，她已经累得满头大汗，气喘吁吁。

朱娜按响了门铃，陆骁的父母闻声赶来开门。看到陆骁醉成这样，孟瑶又不见了身影，两位老人非常着急。

朱娜和陆骁父母把陆骁扶到了沙发上，此时的陆骁几乎失去了意识。

陆骁的父亲看着儿子这个样子，不禁火上心头。他瞪着朱娜问道："你是谁？这是怎么回事？我儿子怎么会喝成这样？"

朱娜哭着解释道："叔叔、阿姨，我是陆骁的同学，也是他的好朋友朱娜。今天下午，陆骁给我打电话，说他心里很烦躁，因为他的未婚妻逃婚了，去找她的前任男朋友杨宇去了。"

说到这里，朱娜已经泣不成声。她擦了擦眼泪继续说道："陆骁还说，孟瑶的妈妈前几天找他谈话了，提出要悔婚。他们说你们是他的养父母，而他的亲生母亲已经去世了，他的母亲还是个聋哑人。他们责怪陆骁隐瞒了这个事实，说孟瑶嫁给他以后，可能要生一群小哑巴。"

听到这里，陆骁的父母震惊得说不出话来。他们怎么也没想到，孟瑶的家人说话会如此狠毒。

朱娜接着说道："陆骁承受不了这个打击，就约我出来喝酒。结果他喝多了，就成了现在这个样子。"

说着说着，朱娜又失声痛哭起来。

陆骁的父母听着朱娜的讲述，也忍不住流下了眼泪。他们知道儿子这些年来，一直过得很不容易，为了能和孟瑶在一起，付出了很多努力和代价。可是到头来，却换来了这样的结果，确实让人感到心痛和惋惜。

陆骁的父亲名叫顾尚义，是山东某军区的政委。他的名字背后蕴藏着深厚的含义，尚义，崇尚正义，这也正是他一生的写照。

他曾经在对越自卫反击战的战场上英勇奋战，与陆骁的生父陆大勇并肩作战，共同抵御外敌。两人不仅是战友，也是同乡，那份深厚的情谊在战火中愈发坚固。

在一次作战中，顾尚义受了重伤，没法撤离。陆大勇在撤离的过程中，发现顾尚义不见了，于是，他便返回去，去营救顾尚义。陆大勇冒着枪林弹雨，把顾尚义背了出来，可以说，陆大勇是顾尚义的救命恩人。

对越自卫反击战结束后，顾尚义选择了继续留在部队，为国家和人民的安全贡献力量。而陆大勇则选择回到了潍坊的农村老家，回到了他深爱的土地和亲人身边。

陆大勇有一个青梅竹马的邻家小妹，名叫吴春花。她美丽、善良，但因为幼时的一场高烧，不幸成为聋哑人。然而，这并没有影响她与陆大勇之间的深厚感情。

陆大勇参军的那一年，吴春花哭得双眼浮肿，她害怕失去这

个她深爱的男人。陆大勇告诉她，战争是无情的，他有可能再也回不来了，他希望她能找个好人家嫁了，过上幸福的生活。

然而，吴春花坚定地告诉他，她会一直等他回来，不管发生什么，她都不会嫁给其他人。

1979年3月，对越自卫反击战结束后，陆大勇退役回到了山东潍坊老家。

他迫不及待地找到吴春花，两人很快便步入了婚姻的殿堂。

第二年，他们的爱情结晶——陆骁出生了。这个孩子的到来给这个家庭带来了无尽的欢乐和希望。

与此同时，顾尚义也结婚了。但是，婚后数年顾尚义一直未能拥有自己的孩子，这让他们夫妻感到遗憾和失落。

然而，命运总是如此捉弄人。

1983至1984年间，陆骁的生父陆大勇因为一次意外失去了生命，而他的母亲吴春花因伤心过度，不久就病倒了，卧床不起，几个月后，也撒手人寰了。

这对年幼的陆骁来说，无疑是一个巨大的打击。他失去了最亲爱的父母，生活陷入了无尽的悲痛之中。

但就在这时，作为陆大勇挚友的顾尚义站了出来。他接过了抚养陆骁的责任，将他视如己出，给予了他无尽的关爱和温暖。

顾尚义和妻子对陆骁的照顾无微不至，他们用自己的爱心，抚平了他内心的创伤。他们教他读书识字、做人的道理，陪伴他成长。

在顾尚义夫妇的悉心呵护下，陆骁逐渐走出了失去父母的阴影，成了一个阳光、健康、积极向上的少年。

顾尚义夫妇对陆骁的爱，如同亲生父母一般深沉而炽热。他们从未因为陆骁不是自己的亲生骨肉而对他有任何偏见或冷落。相反，他们把他当成了自己的心头肉一般疼爱着。在他们的关爱下，陆骁感受到了家的温暖和幸福。

随着时间的推移，陆骁渐渐长大成人。他继承了父亲的英勇和母亲的善良品质，成了一个优秀的青年。他努力学习、勤奋工作，用自己的实际行动回报着顾尚义夫妇的养育之恩。同时，他也深知自己的身世，对于顾尚义夫妇的感激之情，更是溢于言表。

如今，顾尚义夫妇已经年迈退休，在家安享晚年生活。而陆骁也将成家立业，有自己的家庭和事业。但无论何时何地，他都不会忘记顾尚义夫妇对他的养育之恩和他们无私奉献的精神。他会一直铭记在心，并用实际行动去传承这份伟大而深沉的爱意。

把陆骁抚养成人，看到他结婚，是顾尚义夫妇俩一直以来的最大心愿，更是对陆骁生父母在天之灵的最好告慰和交代。他们深知，陆骁的生父如果泉下有知，也一定希望看到自己的儿子，幸福地走进婚姻的殿堂。

然而，就在这个梦想即将实现的前夕，事情却发生了意想不到的变故。陆骁的未婚妻孟瑶突然悔婚，让整个家庭陷入了前所未有的困境。顾尚义夫妇俩为此感到无比痛心，他们怎么也没想到，自己辛辛苦苦抚养大的孩子，会在人生最重要的时刻遭遇这样的打击。

顾尚义无法接受这个残酷的现实，一时间急火攻心，心脏病突然发作，倒在了地上。陆骁的母亲见状，赶紧拿来急救药物，一边给顾尚义喂药，一边哭着说道："尚义，你一定要挺住啊！你不能就这样倒下，你倒下了，你让我一个人怎么办？"

朱娜也忍不住泪流满面，她赶紧上前帮忙照顾陆骁的父亲。在她的帮助下，顾尚义逐渐缓过劲儿来，他流着泪说道："这事也不能全怪孩子，他心里的苦比我们还多。只是，他父亲的所有战友都来了，一个都不缺，我没法给他们交代啊！"

听到这里，朱娜心中一阵感动。她深知顾尚义夫妇对陆骁的养育之恩比天大，也明白他们此刻的无奈和痛心。于是，她擦干眼泪，坚定地说道："叔叔、阿姨，你们别太难过了。这事不怪你们，要怪就怪孟瑶太绝情太势利了。"

说到这里，朱娜顿了顿，然后鼓起勇气继续说道："叔叔、阿姨，如果你们不嫌弃的话，我愿意代替孟瑶和陆骁结婚。明天先把这个场面撑下去，以后的事我们再说。”

顾尚义夫妇俩听到朱娜的话，都震惊得说不出话来。他们怎么也没想到，这个一直默默陪伴在陆骁身边的女孩，竟然会在这个时候挺身而出，愿意为他们解围。这份情谊和勇气，让他们无比感动和感激。

顾尚义拉着朱娜的手，哽咽道：“孩子，这样行吗？这会不会难为你啊？”

朱娜摇摇头，坚定地说道：“叔叔，你放心吧！没事的！”

顾尚义夫妇俩看着朱娜坚定而执着的眼神，知道她是真的爱着陆骁的。他们心里明白，这或许是天意弄人，但也许是另一种更好的安排。于是，他们点点头，同意了朱娜的提议。

陆骁父母把陆骁扶回了房间后，也去休息了。留下朱娜在陆骁房间，她站在床边，看着月光下熟睡的陆骁，心中涌起一股深深的爱意。她的目光温柔地描绘着他的轮廓，仿佛要将这一刻刻进心里。

突然，陆骁手机的震动打破了这份宁静，屏幕上显示的是孟瑶的名字。朱娜看了一眼熟睡的陆骁，深吸一口气，接起了电话。

第二天，婚礼的现场气氛显得异常怪异，空气中弥漫着一股难以言喻的紧张感。

怪异的第一点，女方家的一侧，几乎全部空场，只有第一排的第一桌坐了三个人，她们是孟瑶宿舍的三个同学——迟姗姗、叶芳和龚立靖。

她们的神情都显得特别且木讷，仿佛整个世界的重量，都压在了她们的肩膀上。

而在第二排的第二桌，也坐着三个人，她们是朱娜的三个"死党"——蒋琨、赵雨霞和张惠惠。与前一桌形成鲜明对比的是，她们的神情得意嚣张，仿佛在这场婚礼中找到了什么乐趣。

怪异的第二点，男方家的一侧，是高朋满座，但陆骁的父母愁云满面，他们的眼神中充满了担忧和不安，仿佛预感到这场婚礼将会发生什么不可思议的事情。而来客嘉宾们也是交头接耳，议论纷纷，整个现场充满了嘈杂和混乱。

更为怪异的是第三点，婚礼现场的照片上，新郎陆骁旁边的新娘明明是孟瑶，花名册上新娘的姓名也赫然写着"孟瑶"两个大字。然而，红毯上迎面走来的新娘却是朱娜。

她穿着孟瑶的婚纱，微笑着走向陆骁。由于事发突然，朱娜根本来不及置办自己的婚纱，所以她只能穿孟瑶的。而朱娜的身材要比孟瑶宽大多了，她穿上孟瑶的婚纱后显得特别紧绷，很有喜剧效果。这一幕让在场的所有人都目瞪口呆，不知道该如何反应。

朱娜心里也明白，自己这样顶替孟瑶结婚，确实有些荒唐。但她已经下定决心，要代替孟瑶完成这场婚礼。她知道自己这样做，可能会受到别人的指责和嘲笑，但她愿意为了爱情，去承受这一切。

司仪是婚庆公司精心安排的一位搞笑大哥，他以幽默诙谐的风格著称，总能在婚礼现场，制造出轻松愉快的氛围。然而，这位司仪却有一个让人哭笑不得的毛病——健忘。尽管如此，他的幽默感和现场应变能力，仍然让人们对他的主持充满期待。

就在婚礼开始前，司仪信心满满地走上台，手里拿着阅读册，准备为这场婚礼增添更多欢乐。

他清了清嗓子，用富有磁性的嗓音念道：

“吴娘夜雨曲萧萧（骁），平江烟柳梦遥遥（瑶）。此生若能执子手，从此幸福乐逍遥（骁瑶）。欢迎各位莅临新郎陆骁、新娘孟瑶的婚礼现场！”

然而，话音刚落，台下就在交头接耳地讨论。

司仪皱起了眉头，他低头看了看手里的阅读册，又抬头看了看面前的新娘，露出一副疑惑的表情。他挠了挠头，自言自语道：“唉，好像不是孟瑶，新娘好像临时换的。叫啥来着？”

这一幕让现场的气氛顿时变得尴尬起来。陆骁和朱娜站在台上，面面相觑，不知所措。而台下的嘉宾们也议论纷纷，一阵骚乱。

就在这时，司仪举起手里的阅读册，推了推鼻梁上的眼镜，凑近册子想要看清上面的字。

不料，夹在阅读册里的一张红色纸条，飘了下来。司仪俯身捡起纸条，放在眼前仔细看了看，然后一拍脑门，恍然大悟道："噢，这回看清了！原来你叫朱娜啊！"

现场顿时一片哗然。陆骁和朱娜尴尬地站在台上，恨不得找个地缝钻进去。而司仪却似乎并不在意自己的失误，继续调侃道："欢迎各位莅临新郎陆骁、新娘孟瑶，不是不是，是朱娜的结婚现场！哈哈哈！"他的笑声在会场中回荡，却让人感到极其尴尬。

然而，司仪并没有因此而收敛。他继续发挥着自己的幽默天赋，想要化解现场的尴尬气氛。

他眨了眨眼，对新郎陆骁说道："下面我们来个小小的游戏。请问新郎陆骁，你是真心喜欢新娘的吗？"

陆骁潸然泪下，却不知道该如何回答。

还没等陆骁开口，司仪就自问自答道："你当然是真心的了！不然你也不会临时换新娘啊！哈哈！我见过临阵换将的，但我还头一次见到结婚临时换新娘的！"

他的话音刚落，现场就响起了一片哄笑声。陆骁尴尬得无地自容。

然而，司仪并没有放过他。他接着把矛头指向了新娘朱娜，问道："我们来看新娘，请问新娘，你是真心喜欢新郎的吗？"朱娜咬了咬嘴唇，坚定地说道："我是真心的。"她的声音虽然不大，但充满了坚定和力量。

听到朱娜的回答，司仪点了点头，却再次语出惊人："你当然是真心的了！不然你也不会上位了！"他的话音刚落，现场就再次响起了一片哗然声。众人纷纷议论着司仪的失言和这场婚礼的离奇。

朱娜又羞又恼，泪水在眼眶里打转。她准备愤然离去，再也不愿意待在这个让她受尽屈辱的地方。

然而，就在这时，陆骁一把拉住了她，紧紧地拥抱在了一起。

看到这一幕，现场的嘉宾们顿时掌声四起。他们被这对新人的坚定和勇敢所感动，也为这场充满波折的婚礼送上了最真挚的祝福。

在掌声和祝福声中，司仪也意识到自己之前的失言可能给新人带来了伤害。他走到朱娜和陆骁面前，深深地鞠了一躬，诚恳地道歉道："对不起，我刚才的话可能有些过分。但请相信，我并没有恶意。我只是想让这场婚礼更加有趣和难忘。祝你们永远幸福！"

现场的嘉宾顿时掌声四起，同学们纷纷惊讶，姗姗拿起手机，给孟瑶拨了电话出去……

2009年2月14日，情人节的清晨，陆骁还在沉睡之中。前一天晚上的工作应酬让他疲惫不堪，此刻他正沉浸在甜美的梦乡之中。而朱娜早已起床，开始忙碌地准备中午的饭菜。

厨房里弥漫着诱人的香气，朱娜正精心烹饪着陆骁最爱吃的红烧肉。她轻巧地翻动着锅铲，脸上洋溢着幸福的笑容。每当想到陆骁品尝她手艺时满足的表情，她的心里就充满了满足和喜悦。

终于，饭菜都准备得差不多了。朱娜轻手轻脚地走进卧室，温柔地唤醒了陆骁。陆骁迷迷糊糊地睁开眼睛，看到朱娜温柔的笑脸和一桌丰盛的饭菜，顿时感到精神一振。

两人坐在餐桌旁，开始享受这顿美味的午餐。朱娜不住地给陆骁搛菜，嘴里还不停地说着："这是你最爱吃的红烧肉，你看我做得怎么样，是不是进步了？"

陆骁品尝着朱娜的手艺，笑着点头称赞道："你做得都好吃！"他的眼神里充满了对朱娜的宠溺和感激。有这样一个体贴入微、手艺又好的爱人，他觉得自己真是世界上最幸福的人。

朱娜又给陆骁搛了一些蔬菜到碗里，叮嘱道："平时你也要多吃些蔬菜、多锻炼，不然一胖身材就不好看了，就没有女孩喜欢你了！"她的话里虽然带着些许调侃，但更多的却是关心和爱护。

陆骁听了朱娜的话，忍不住笑出声来："你怎么这么大方啊？有那么多女孩喜欢，你不生气吗？"他故意逗趣地问道。

朱娜却认真地回答道："不生气！我们家陆骁越有女孩喜欢，我越开心！这才证明，我的老公有魅力啊！"她的话让陆骁感到既惊讶又感动，他没想到朱娜会如此大度。

午餐过后，陆骁的手机突然响了起来。他接过电话，听了几句后，对朱娜说道："公司有点着急事，我先去公司了！"

朱娜虽然有些不舍，但还是体贴地说道："这么快就要去忙啦！平时工作别太拼了，别累坏了身体，不然我会心疼的！"她的话语里充满了对陆骁的关心和担忧。

陆骁点头答应着："好的！我知道了。"他起身准备离开，朱娜却突然叫住了他："陆骁！"

陆骁转身有些吃惊地看着朱娜，不知道她要说什么。只见朱娜走了过来，轻轻地抱住了他："抱一个！"她的声音里充满了柔情和依恋。

陆骁回身紧紧地拥抱住朱娜，感受着她的温暖和柔软。他轻轻地说道："离开一会儿工夫也舍不得呀！放心吧，我一会儿就回来了。晚上我们一起过情人节，地方我已经订好了，下午我回来接你！"他的话让朱娜感到无比幸福，她紧紧地回抱着陆骁，仿佛要将他融入自己的身体里。

这个拥抱持续了很长时间，直到两人都感到有些喘不过气来，朱娜才慢慢松开。

陆骁拿起外套穿在身上，朱娜则依依不舍地送他出门。在门口，她再次叮嘱道："路上小心点，别太着急了！"她的眼神里充满了对陆骁的眷恋。

陆骁点头答应着，转身离去。

大约下午四五点的样子，陆骁满怀期待地拿着给朱娜的礼物回到了家。

然而，当他推开门，却发现家里空无一人。他四处寻找朱娜的身影，但是无论他怎么呼喊，都没有得到回应。他的心情开始变得焦虑起来，一种不祥的预感涌上心头。

当他看到桌上有一封信时，他的心猛地一沉。他怀着复杂的心情，缓缓地展开了信纸。信里是朱娜的留言，她的字迹有些颤抖，每一个字，都深深地刺痛着陆骁的心。

陆骁，我知道你对我很好，可是我一再说服自己，我还是不能接受我爱的人抱着我，睡梦中却喊着别人的名字。

这句话像一把尖刀，狠狠地插进了陆骁的心里。他瞬间明白了朱娜离开的原因。

陆骁感到无比的愧疚和自责，他知道自己对孟瑶的感情，给朱娜带来了伤害。他以为自己已经放下了过去，却没有意识到自己的内心深处仍然存留着孟瑶的影子。这让朱娜感到了无法承受的痛苦和无奈。

另外，有一件事，我也一直过不了心结，我越来越自责，我越来越感觉对不起你。我想我最好的方式，就是离开。不是说，有一种爱叫作放手。如果我还爱着你，为了你的幸福，我会放弃一切，包括你。

朱娜的留言，将她的痛苦和挣扎，在字里行间流露无遗。陆骁无力地坐在沙发上，泪水滑过他的脸颊。他感到自己的心被撕裂开来，一种无法言喻的痛苦，弥漫在他的身体里。

这年六月的一个中午，阳光透过上海街头繁密的梧桐叶，斑驳地洒在一家餐厅的门前。陆骁班上的同学在那里聚会，这是他们毕业五年第一次聚会。

黄秋刚端起酒杯，热情洋溢地说："来，同学们，好不容易大家都有时间聚在一起，这可是我们毕业五年来的第一次聚会啊！一起干一杯，为我们的友谊，为我们的青春！”

“来，干杯！”众人齐声响应，大家一饮而尽，杯底相碰发出清脆的响声，仿佛回到了那些年在校园里无忧无虑的时光。

黄秋刚放下酒杯，看着坐在对面的陆骁，打趣道：“老大，结了婚就是不一样啊，酒量都渐长了！”

陆骁不语，浅浅地笑了笑，内心有说不出的苦楚。

黄秋刚接着道：“不过，老大，你这酒色财气全沾，不能身在福中不知福啊！”

黄秋刚明显话里有话，陆骁惊讶地看着他，道：“秋刚，你想说什么？”

黄秋刚道：“这么多年，我深深爱着朱娜，可是朱娜就一直爱着你！”

众人惊讶，曾肇晖道：“秋刚啊，从来没有听你说过啊！”

黄秋刚倒了一杯酒，一饮而尽，道：“我心想着，我爱的人，即使我得不到，能帮助她，让她得到她所爱的人，让她幸福，那也是对她爱的一种方式。”

曾肇晖道：“哦，我说呢，那时候朱娜开保时捷在学校门口堵老大，她是怎么知道我们的行踪的？还有，把老大骗到朱娜生日派对上的也是你？”

黄秋刚道："是的，都是我做的。毕业在上海第一次吃饭，也是我受朱娜之托，帮她打听老大的住所的。后来，朱娜去常德公寓找老大，老大的住处也是我提供给朱娜的。"

曾肇晖道："秋刚，你……"

黄秋刚道："唉，这人生啊，找个彼此相爱的人太难了。"

陆骁听到这，非常惊讶，但也为他的举动深深感动。陆骁道："秋刚，真是难为你了！"

黄秋刚道："没事的，老大，你过得好，也是兄弟们最大的心愿！"

陆骁感觉有些对不住黄秋刚，同时，也被黄秋刚的深厚兄弟情谊所感动。他起身主动去拥抱了黄秋刚。

黄秋刚一时激动流下了眼泪。

黄秋刚道，"老大，有件事朱娜不敢告诉你，让我转告你！你和朱娜结婚的前一天，朱娜和蒋琨他们故意把你灌醉，后来孟瑶来电话了，朱娜见你喝得酩酊大醉，不省人事，就偷偷接通了电话，故意发出了一些喘息的声音，让孟瑶误解，之后又删除了通话记录。"

听到这，陆骁懊恼不已，痛苦至极。他悔恨当时自己的冲动，误解了孟瑶；他悔恨自己那天喝那么多酒，误了事。

众人见黄秋刚爆料出这么多，都很吃惊，都在纷纷询问，这是怎么回事。

曾肇晖见状，赶紧端起一杯酒解围："来，同学们，我们一起干一杯！今天我们同学聚会，只聊开心的事，不开心的事，就不聊了。"

说完，大家共举酒杯，一饮而尽。

喝完后，曾肇晖转移话题，道："哎，老大，你还记得不，当初我们几个在宿舍，你每次放假来，都给我们带枸杞，有一次，把我、秋刚和美俊吃得都流鼻血了！"

陆骁苦笑了下。

黄秋刚调整好情绪后道："唉，美俊呢！说到美俊，这胖子又迟到了！上大学那会儿就爱迟到！"

正说着，门口传来熟悉的声音："是谁在说我呢？我这不来了！"孙美俊推开门走了进来，身后还跟着一位漂亮的女孩。

"美俊！你这家伙又迟到了！"黄秋刚嚷嚷道。

孙美俊嘿嘿一笑，指了指身后的女孩说："今天刚好遇到姗姗了，就喊她一起过来了。大家不介意吧？"

"不介意，不介意！"众人齐声说道。

姗姗微笑着跟大家打了招呼，然后坐在了孙美俊的旁边。黄秋刚看着两人，打趣道："你们两个今天这是啥情况呀？"

孙美俊和姗姗对视一眼，异口同声地说："巧合！"

众人见状都哄笑起来。

姗姗道："真的是巧合啦，你们别误会，我才不会跟美俊这个死胖子搞对象呢！"

曾肇晖笑着道："那你对象是啥情况呢？"

姗姗道："比美俊还胖啦！"

哈哈哈！众人一阵欢笑。

美俊端起酒杯说："来，同学们，我敬大家一个，今天我们难得聚会，不醉不归！"

"不醉不归！"众人再次齐声响应，然后纷纷举杯相碰。

在这个六月的午后，他们仿佛又回到了那些年在校园里的日子，无忧无虑、自由自在。而青春的记忆和深厚的友谊，也随着酒杯的碰撞声，在心中泛起涟漪。

酒过三巡，气氛愈发热烈。

姗姗端起酒杯，对陆骁道："来，陆骁，咱俩喝一个！你随意，我干了！"说着，她拿起酒杯，重重地碰了一下陆骁的杯子，然后一饮而尽。

众人见状纷纷喝彩，赞叹姗姗的豪爽。

陆骁不知所以然，默默地干了。

姗姗放下酒杯，看着陆骁，有些犹豫地道："陆骁，有件事，不知道当讲不当讲。讲了，怕你会难过；不讲，压在我心里难受得很。”

陆骁闻言微微一愣，看着姗姗认真的表情，知道她接下来要说的话，肯定非同小可。他放下手中的酒杯，沉声说：“怎么了，珊珊？有什么事，你就直说吧。”

姗姗深吸了一口气，仿佛下了很大的决心才开口：“陆骁，就在你结婚前一天，我打电话给孟瑶说，我和我男友去春水古镇的时候，看见杨宇坐在桥边卖画筹钱看病，他看起来病得很重，整个人都瘦得不成样子了。我当时就想，他也没有什么亲人，万一有个三长两短的，所以我就建议孟瑶有时间赶紧去看看。”

说到这里，姗姗停顿了一下，似乎在回忆当时的情景，而陆骁早已把心提到了嗓门眼。

姗姗接着说：“你们结完婚就要出国旅行了，这万一去晚了，人可能就不在了呀！古镇离上海也不远，孟瑶想着当天就能返回。她怕你知道了会多心，所以就想先去看一下情况。如果不严重的话，就不惊动你了。”

“杨宇也没什么亲人，可能孟瑶也怕你多心，就没跟你说，没想到……”姗姗的声音有些颤抖，“就在你和朱娜结婚的那天，孟瑶哭了一整天。”

姗姗的话音刚落，整个包间就陷入了一片死寂。

陆骁听到这个消息后如遭雷击，整个人愣在座位上，久久无法回神。

他猛地站起身来，声音颤抖地问：“孟瑶现在在哪儿？”

姗姗摇了摇头说：“我也不知道。自从那天后，她的手机就一直没有打通过，可能换号了吧。”她停顿了一下接着说：“估计……估计还在春水古镇吧。”

陆骁再也按捺不住心中的激动之情，一个箭步冲了出去。他知道自己必须立刻去找孟瑶，他悔恨自己犯下了天大的错误，他知道他让孟瑶承受了巨大的委屈。

有些人

一旦遇见

一眼便是一生

有些事

一旦开始

一刻便是万年

part 9

爱开始的地方

孟瑶和陆骁之间的误会，像一道深不见底的鸿沟，将他们原本紧紧相连的心分隔开来。

陆骁和朱娜的婚礼，对孟瑶来说，无疑是一次沉重的打击。她心如死草，万念俱灰，仿佛整个世界都失去了色彩。

然而杨宇也是病入膏肓，生命危在旦夕，在遥远的江南，孟瑶是杨宇唯一的亲人了。

在孟瑶无微不至的照顾下，杨宇竟然奇迹般地暂时脱离了生命危险。出院后，孟瑶也在古镇租了一间房子，她在那里继续照顾着杨宇。

随着时间的推移，孟瑶的心情也渐渐地平复了下来。她明白自己不能一直沉浸在过去的痛苦中无法自拔，生活还需要继续前行。而杨宇的身体，也在她的精心照料下，一天天地好转起来。

为了方便杨宇到医院看病，以及自己找到工作上班，孟瑶和杨宇决定搬到市区去住。

收拾行李时，孟瑶从墙上取下一个相框。这个相框是2009年

2月14日情人节那天，她根据回忆，画的一个牵手的场景，画中的两只手紧紧相牵，仿佛永远都不会分开。

看着这幅画，孟瑶的思绪不禁飘回到了遥远的过去——上大学时，她和陆骁第一次牵手的情景。

那是一个月光明亮的夜晚，夜色迷人，两人漫步在校园的小道上，陆骁鼓起勇气轻轻地去牵孟瑶的手；经过几次尝试后，他终于成功地与孟瑶牵手了。

那一刻的幸福和甜蜜，仿佛定格在了时间的长河中，成为他们心中永远无法抹去的记忆。

孟瑶有些紧张地问道：“你喜欢牵手吗？”

陆骁微笑着回答：“喜欢。”

孟瑶道：“为什么？”

陆骁深情地道：“因为牵手是一件很幸福的事情，牵着你的手，我就会感觉拥有全世界。”

孟瑶听了，心中涌起一股暖流，但她却故意逗趣道：“那你难道不觉得牵手也是一个很伤感的过程吗？因为牵手过后就是放手。”

陆骁握紧了她的手，坚定地说：“怎么会呢？放了手，我的手心，也会留有你的余香，满满都是甜蜜的回忆。”

孟瑶用手轻轻地擦了一下相框，这个动作带起了她心中的一阵涟漪。

她不禁又想起了那个婚礼前夜，自己送杨宇到医院后的情景。

当时，她匆忙将手机充上电，迫不及待地给陆骁打去了电话。然而，电话那头传来的却是令人心碎的声音——陆骁和一个女人的缠绵声响彻在耳边，如同一把锐利的刀，深深地刺进了她的心脏。

孟瑶痛苦地回忆着，想起了婚礼当天姗姗打给她的电话。姗姗告诉她，陆骁和别人结婚了。那一刻，她感觉整个世界都崩塌了，所有的希望、梦想和爱情，都在一瞬间灰飞烟灭。

她看着眼前的相框，犹豫了一会儿。

那个相框里，是她和陆骁曾经幸福的回忆，是他们爱情的见证。然而，现在这些都已经成为过去，成为她心中永远的痛。

最终，孟瑶还是没有把相框带走，放在了桌子上。那是她永久的痛，她希望她心中的痛，也能随之放下，但实际上，当爱深入骨髓，又岂是想放就能放下的。

陆骁抵达春水古镇后，迫不及待地跳下车，一路小跑着打听孟瑶的下落。

他的心跳得急促，仿佛要从胸腔里跳出来一样。他不断地问着路人，是否见过孟瑶，是否知道她的下落。然而，得到的答案都是一致的——没有见过，不知道。

就在陆骁感到绝望的时候，他看到有位阿婆在门口卖刺绣。

陆骁上前问道："阿婆，您认识一位叫孟瑶的姑娘吗？她就住在这个镇上。"阿婆抬起头，眯着眼睛打量了一下陆骁，然后缓缓地说道："她是不是跟她哥哥一起啊？"

陆骁连忙点头："是的，就是她。"

阿婆指了指楼上："他们住楼上那两间。"

陆骁听到这里，心中一阵狂喜。他正要道谢并准备上楼去找孟瑶，却听到阿婆又说道："不过，他们今天早上已经搬走了。"

陆骁的心一下子沉了下来，仿佛被重重地击了一拳。他晚来了一步，孟瑶已经离开了这里。

他不死心地问道："阿婆，您知道他们搬到哪里去了吗？"

阿婆摇了摇头："那我可不知道。"

陆骁又问："阿婆，您有她的电话吗？"

阿婆奇怪地看了他一眼："你不是她朋友吗？你怎么会没有她电话？"

陆骁被阿婆的话噎了一下，他苦笑了一下说道："阿婆，我……我对不起她！她后来换了号码，我联系不上她。"

阿婆听了这话，似乎有些明白过来，但她仍然摇了摇头："我没有她的电话。”

陆骁的心中充满了失望和懊悔，他心中一动，对阿婆说道：“阿婆，我能不能上去看一下？”

阿婆看了他一眼，然后点了点头：“想上去就上去吧！”说完，她继续低头做她的刺绣手工品。陆骁感激地看了阿婆一眼，然后转身走进了院子里。

阿婆看见陆骁急切地上楼后，她心中不禁犯起了嘀咕。

她深知孟瑶与这位年轻人之间似乎有着千丝万缕的联系，于是她决定拨通孟瑶的电话，告诉她这个事。

电话那头，孟瑶的声音显得有些疲惫，却又带着一丝期待。

阿婆缓缓地说道：“孟瑶啊，刚才有个男的来找你，看起来很着急的样子。”

孟瑶的心猛地一紧，她下意识地问道：“他叫什么名字？”

阿婆顿了顿，回答道：“我没问，他说他对不起你。”

孟瑶的心中涌起了一股复杂的情绪，她先是感到一阵激动，仿佛看到了希望的曙光，但随即又想起了陆骁已经结婚的事实，不禁悲从心中来，眼泪夺眶而出。

她哽咽着问道：“他现在在哪里？”

阿婆回答道：“他上楼去你房间找你了。”

孟瑶沉默了片刻，心中的纠结难以言表。她知道，自己与陆骁之间已经回不到过去了，但是面对他的到来，她却无法做到心如止水。

阿婆问道："如果他问我要你的电话，给他吗？"

孟瑶泪作倾盆，犹豫了下，道："不给了吧。"

阿婆听了孟瑶的话，轻轻地叹了口气，她知道这个年轻人给孟瑶带来了太多的伤痛和失望。她轻声问道："真的不给他吗？"

孟瑶的泪水再次滑落，她坚定地回答道："不给了，没什么意义了。"

孟瑶挂完电话后，擦了把眼泪，道："师傅，走吧！"

陆骁一路小跑上楼，心中充满了期待和紧张。

他不知道自己会在这里找到什么，也许是一些孟瑶留下的东西，也许什么都没有。但是，他仍然想要上来看一看，因为他不想放弃任何一丝找到孟瑶的希望。

他先推开第一间房间，那里除一些家具外，空荡荡的，墙边放着两幅画废的画作，他知道这是杨宇曾经住过的房间，于是他去了另外一间。

当他推开第二间房门时，一股带着些许温馨的气息扑面而来。这是孟瑶曾经住过的房间，这里留下了她的气息和痕迹。他环顾四周，看着房间里的一切——除了书桌上有一个相框，空荡荡也并无他物。

陆骁慢慢走近，拿起那个相框，他看着相框里牵手的画面，不禁痛楚万分……

陆骁从屋里出来，心中充满了失望和无奈。

他走近阿婆，眼神中透露着恳切："阿婆，我觉得您一定有孟瑶的电话，求您就告诉我吧。"阿婆看着他，眼中闪过一丝犹豫，但最终还是坚定地摇了摇头："阿婆年龄大了，不用电话的，真的帮不了你。"

陆骁的心中涌上一股苦涩，他知道阿婆这里是他最后的希望，但现在这扇门也被关上了。

他不死心地继续说道："阿婆，我真的很需要找到她，您就帮帮我吧。"

然而，阿婆只是叹了口气，没有再说什么，转身进屋了。

陆骁看着阿婆的背影，心中的失落感越来越重。他知道，自己再待在这里也没有意义了，只能无奈地去别处寻找孟瑶。

他转身离去，心中充满了无尽的思念和痛苦，但他坚信，只要自己不放弃，总有一天会找到孟瑶的。

陆骁心中充满了焦急和无助，他拿出手机，颤抖着拨通了孟瑶母亲的电话。

电话那头传来了孟瑶母亲的声音。

他急切地问道：“阿姨，您知道孟瑶在哪里吗？我找不到她了。”

孟瑶母亲听到陆骁的声音，声音中透露出深深的无奈和悲伤：“自从你们分手后，孟瑶就再也没有回过家，我们也一直联系不上她。孩子，都是阿姨的错，是阿姨害了你们啊！”

陆骁听到这里，心如刀绞。他深深地吸了一口气，努力让自己的声音听起来平静一些：“阿姨，您别这么说。是我不好，是我对不起孟瑶。我会继续找她的，无论如何都要找到她。”他知道，这是他对自己最好的救赎。

陆骁心中悬着的一根弦始终紧绷着，自从孟瑶消失后，他就像失去了方向的船，在茫茫人海中漂泊。他决定回到他们的母校——苏州大学，寻找那些曾经共同的记忆，希望能从中找到孟瑶的蛛丝马迹。

他走遍了苏州大学的每一个角落，从图书馆到操场，从教室到宿舍，那些曾经熟悉的地方，如今却空无一人。他的心中充满了失落和无奈，仿佛整个校园都在诉说着他和孟瑶的过往。

之后，陆骁又去了虎丘、山塘街、沧浪亭、寒山寺等他们曾经一起游玩过的地方。他想从这些地方找到孟瑶的踪迹，或者至少能找到一些心灵的慰藉。然而，无论他走到哪里，都只能看到那些熟悉的景色，却再也找不到孟瑶的身影。

当他走到西园寺的时候，他突然想起了孟瑶曾经在这里许下的心愿。他找到了那块许愿牌，上面赫然写着：任岁月轮转缘回，我愿与你骁瑶一生。看到这句话，陆骁不禁泪目了。

陆骁再次回到他们曾经一起游玩过的春水古镇。他神情落寞地走在古镇的石板路上，看着两旁的古建筑和熙熙攘攘的游客，心中却充满了孤独和落寞。

他走到一个熟悉的地方，那是他和孟瑶曾经一起到过的河边码头。他记得孟瑶曾经问过他："如果有一天，你找不见我了，你该怎么办？"当时他笑着回答："我就在这里等你回来。"

想到这，陆骁的心中突然有了一个主意。他决定就在这里等待孟瑶的归来，他相信他们的缘分未尽，相信孟瑶一定会回到这个充满回忆的地方。

陆骁租了一个幽静的庭院，在古镇定居下来，他准备履行当初对孟瑶的承诺，等待她的归来。为了寄托对孟瑶的深深思念，他买来了纸张、竹条等各种材料，开始动手制作灯笼。

每天早上醒来，陆骁便坐在庭院的石桌旁，用心地制作着每一个灯笼。他在灯笼上写下对孟瑶的思念之情，那些字句如同他心中的波澜，每一次回忆都让他沉浸在与孟瑶共度的美好时光中。

灯笼上的诗，是他对孟瑶的深情告白，譬如：月影疏疏映瑶池，骁心念念盼归期。

这些诗句不仅表达了他对孟瑶的思念，也寄托了他对两人未来重逢的美好期盼。每当灯笼在夜风中轻轻摇曳，都仿佛在向远方的孟瑶传递他的深情与等待。

风霜寒暑，春夏秋冬，日复一日，年复一年，陆骁坚守着自己的承诺，在古镇默默等待孟瑶的归来。

三年来，他做了数以千计的灯笼，写了近千首诗，这些诗深切地表达了他对孟瑶的爱恋和思念。

不春秋，无过往。
不过往，何思念。

天涯远，天涯近，
天涯茫茫、唯有卿心近。

明月稠，明月稀，

明月寥寥、怎奈我情依。

有些人

一旦遇见，一眼便是一生

有些事

一旦开始，一刻便是万年

爱上一个人

有时候只是一刹那

可是忘记他（她）

也许一辈子都不够……

林深径幽无故影，往事如烟罩旧城。

一花一草都心病，移步易景难易情。

归期至今无新据，问君明年可此处？

一弯新月赠予汝，明年携来换酒喝！

姑蘇城里
游人织

入夜姑苏意味深，沉浸繁华不失真。
临江明月绕心涧，枕河人家弄吴音。

水色青光秋沙净，但看长桥月影重。
石湖边上常住客，十有八九都长情。

世间本无烦忧事，烦忧皆因为情痴。
知人无须都言尽，情浅莫要胡相思。

姑苏城内双塔寺，相守相望一千年。
人生若得长如此，不教孤独对愁眠。

脉脉花影天疏淡，楚楚暗香月油然。
此情愁绝谁与共，千树压压竟碧寒。

斜阳难尽黄昏树，幽燕怎兼梧桐雨？
天涯路远梦蹊跷，夜长谁听知心语！

人间最有真情久，沧海明月愿相守。
不羡天上比翼鸟，愿作池中并蒂藕。

清风犹怜多情客，明月不舍断肠人。

沥尽阑干欺平夜，寒彻霜天挂南城。

七月七日乞巧夜，相思爱慕何超越？

遥遥迢迢山复水，盈盈脉脉恨轮回。

月到中秋分外明，谁堪对影又伤情？

阴晴本是寻常事，何故相思不住停！

一灯如豆青苔上，罗帐低垂绿树旁。

紫月归去不言语，惟留心伤向孤窗。

千年姑苏城，千秋姑苏月，

姑苏月照姑苏城，姑苏城里有深情。

卿至携清风，卿去掳我心。

卿至问城城带色，卿去谢月月不休。

座座小石桥，层层青石板，

与卿一道携游处，卿别之后不敢游。

与卿一同行至地，卿别之后不敢近。

寂寞伤不语，孤独寻无影，

饥来喫饭饭无味，寒来裹裘裘不暖。

彼此挂念心不远，相思度日恰如年。

……

一次偶然的机会，陆骁外出购买制作灯笼的材料时，恰巧路过镇口的中华骨髓库宣传点。

他一直以来，都是个有爱心的人，于是毫不犹豫地走过去，填写了相关表格，做了骨髓捐献的登记。

没过多久，陆骁便接到了中华骨髓库的电话。

电话那头的工作人员，语气激动地告诉他，他的骨髓与一位急需救助的患者配对成功了。

听到这个消息，陆骁没有丝毫犹豫，立刻答应进行骨髓移植手术。

手术进行得非常顺利，医生告诉他手术很成功，那位患者也因为他的善举而获得了新生。

陆骁感到无比欣慰和自豪，因为他的一个小小举动，为他人带来了生的希望。

这世间的事，有的时候，真的奇巧万分，妙不可言。而陆骁骨髓的受捐者，不是别人，正是杨宇。

与此同时，得到骨髓捐助的杨宇，手术很成功，获得了新生。孟瑶和杨宇都很开心，激动不已。

按照规定，骨髓捐助者和受捐者是不能联系见面的，彼此身份保密。所以，在做骨髓移植的时候，陆骁和孟瑶都虽然都在同一家医院，冥冥之中他们也感觉到对方在附近，但并没有线索。他们又一次擦肩了。

2012年七夕，夜幕降临，美丽的春水古镇热闹非凡，整个古镇都被一股浪漫的气氛所笼罩。

七夕，这是一个特别的日子——是牛郎和织女相会的日子，也是许多人选择表达爱意的良辰吉日。

而今晚，古镇上的热闹，并非因为节日的喜庆，而是因为一个痴情男子的举动，他要用一种特别的方式，来向他心爱的人，表达他那深沉而执着的爱。

这个男子就是陆骁，他为了寻找失踪三年的女朋友孟瑶，踏遍了他们曾经到过的每一个角落，却始终没有找到她的踪影。

然而，陆骁并没有放弃，他要用特别的方式让孟瑶看到他的等待和执着。

在这个特别的日子里，陆骁请来了古镇的居民们一起帮忙，把古镇的每一个角落都挂满灯笼，在古镇前的广场上，他布置了一个温馨浪漫的求爱现场。

居民们纷纷响应，有的挂灯笼，有的摆鲜花，有的布置彩带，整个古镇很快就变成了一个浪漫的海洋。

而陆骁则亲手制作了一千盏灯笼，他还写下了一千首情诗，每一首诗都是他对孟瑶的深情告白，他把这些诗写在了灯笼上。当所有的灯笼都被点亮，当所有的情诗都被诵读时，整个古镇仿佛都沐浴在了爱的光辉之中。

媒体记者闻讯也都纷纷赶了过来，他们进行现场报道。

记者问陆骁："请问是什么样的动机，让您以这样一种方式，来向您心爱的人表达爱意的？"

陆骁深情地回答道："我的女朋友失踪三年了，我找遍了我们到过的每一个地方，都没有找见她。我就是想以这样一种方式让她看到，我一直在等她！我相信她一定能感受到我的爱，我相信她一定会回来！"

在布置好的求爱现场，陆骁手持一束鲜艳的玫瑰，深情地朗诵着他为孟瑶写下的诗句：

春风稀，春雨稠，

春花开还落，春寒倒心流。

春思春情深如海，春娴春恨浊似酒。

相思之言何敢吟，未吟先哽咽。

相思之曲何敢奏，每奏泪奔流。

孟瑶，你在哪里，我爱你!

孟瑶，你在哪里，我爱你!

孟瑶，你在哪里，我爱你!

他的声音深情而坚定，仿佛穿越了时空的阻隔，传递到孟瑶的耳中。

随着陆骁的朗诵声落下，古镇上的居民们放飞了孔明灯。

一盏盏明亮的孔明灯缓缓升空，它们带着陆骁和所有人的祝福和期盼，飞向遥远的天际。

看着那一盏盏渐行渐远的孔明灯，大家激动不已，纷纷拥抱在一起，为陆骁的痴情和执着而感动落泪。

而此时的陆骁也泪流满面，他知道自己的举动或许无法让孟瑶立刻回到他的身边，但他相信孟瑶一定能感受到他的爱。

这一天既是一年一度的七夕，也是孟瑶的生日。

下午杨宇早早就为孟瑶订了蛋糕，精心布置了一个温馨的生日派对。鲜花、气球、蛋糕、红酒，一切都显得那么完美。当孟瑶走进这个充满惊喜的场景时，她的脸上露出了久违的笑容。

“祝你生日快乐，孟瑶！”杨宇端起酒杯，深情地望着孟瑶说道，“谢谢你，孟瑶，没有你，我可能就活不到今天了。”

孟瑶轻轻地与杨宇碰杯，微笑着说：“你一直是我的兄长，从小你就照顾我，我照顾你也是应该的。要说感谢，应该感谢给你捐献骨髓的人。”

派对进行到一半，杨宇喝了一些酒，他的脸上泛起了一抹红晕。他突然拉住孟瑶的手，道：“孟瑶，让我照顾你吧！”

孟瑶撤出手，缓缓地道：“杨宇，我们回不去了，我们这样，对陆骁不公平。你就一直做我的兄长，不好吗？”

听到孟瑶的话，杨宇沉默了片刻。他知道孟瑶说得对，他们之间的感情已经发生了太多的变化，再也回不到从前了。他抬起头，看着孟瑶的眼睛，微笑着说：“好，那我就一直做你的兄长！”

孟瑶轻轻地叹了口气，她知道，这是她和杨宇之间最好的结局。

她抬起手腕看了看时间，说道：“我要去休息了，我买了明天去北京的高铁票。我想离开江南了，我想换一种生活方式。”

“明天几点的票？”杨宇问道。

“下午两点。”孟瑶回答道。

“我送你。”杨宇坚定地说。

孟瑶点了点头，微笑着说：“好。”

晚上，孟瑶回到自己的房间，静静地站在窗前。晚风轻拂，带来一丝丝凉意，却也带走了她心中的烦躁与不安。突然，满天飘过美丽的孔明灯，如同夜空中绽放的繁星，把天空映得通红，美丽得令人窒息。

孟瑶凝视着那些孔明灯，心中涌起一股莫名的感动。她不禁闭上眼睛，双手合十，默默许下一个愿望：“美丽的孔明灯啊，请你带着我的思念和祝福，飞向那遥远的天际。美丽的孔明灯啊，你知道陆骁的消息吗？请你告知我，他过得还好吗？无论他身在何处，都愿他幸福安康。”

就在孟瑶闭眼许愿的一刹那，一个写着“孟瑶，你在哪里，我爱你”的孔明灯，轻轻地从她的窗口划过。

而孟瑶哪里能想到，这漫天的孔明灯，就是陆骁专门为她升起的；而她又哪里能想到，就在她闭眼许愿的一瞬间，一个写着她名字的孔明灯，从她的面前划过。

陆骁和孟瑶再次错过了。

翌日，晨曦初照，阳光洒在宁静的姑苏城内，祥和而又美丽。

孟瑶早早地起床，开始忙碌地收拾行李，准备踏上前往北京的旅程。然而，就在她即将离开这个充满回忆的地方时，命运似乎又为她安排了一场意想不到的相遇。

这时，门外响起了杨宇的敲门声："孟瑶，孟瑶……"他的声音带着急切和期待。

孟瑶放下手中的行李，走过去打开了门。

杨宇站在门外，脸上带着激动的表情，他递过手机给孟瑶："孟瑶，你看陆骁……"

孟瑶疑惑地接过手机，目光落在屏幕上的"新浪热搜"上。只见标题写着：

> 某痴情男子写一千首情诗、做一千盏灯笼，在江南某古镇苦等一千零一夜，只为守候爱情归来……

她瞬间激动不已，眼泪夺眶而出。

"原来他一直没有忘记我……"孟瑶喃喃自语道，她的心被深深地触动了。她曾经以为自己和陆骁的缘分，已经走到了尽头，没想到他却一直在默默地等待着她。

孟瑶忍不住想要立刻去找陆骁，可是她却犹豫了："他还会要我吗？”她心中充满了不确定和忐忑，毕竟当初是自己的错误，才造成了今天的苦果。

三年来，她一直深陷自责，她常想，如果那天她选择了给陆骁打电话，如果他和她一同去找杨宇，可能就不会是今天这个样子了。

然而也正是她太爱陆骁了，她的母亲刺激伤害陆骁，她看在眼里，疼在心里，她不愿意再让陆骁受到一点点伤害；她也不愿意再让任何一点点事情，掺入他们之间的感情。可惜越怕什么，就越来什么。可惜时光不能倒流，她只能在懊悔中，寻求一丝解脱。

如今有了机会，命运之神再次垂爱她，幸运的天平，再次向她倾斜，她却犹豫了。她觉得她不配，她觉得都是她的“缺根筋”，害了陆骁。

杨宇看着她纠结的样子，安慰道：“会的，一定会的。你看他一直在等你呢！你打电话给他吧！”他的话像是一股暖流涌入孟瑶的心房，给了她勇气和力量。

然而孟瑶却泣不成声，无法开口说话。她感觉自己仿佛被幸福和感动淹没了，无法用言语来表达内心的感受。

杨宇见状，轻声说道：“我来打吧，这事都是因为我而起的。”他拿起手机拨通了陆骁的电话。

电话很快接通了，杨宇的声音有些颤抖：“师兄，我是杨宇……”

得知孟瑶消息的陆骁，自是兴奋不已，他哪里能按捺住内心的激动，他从床上跳起来，迅速穿好衣服，推起院子里的摩托车，一路向孟瑶的方向飞驰而去。

得知陆骁来找她的消息后，孟瑶激动得手足无措，她坐在梳妆台前，拿出化妆盒，自言自语道：“我一定要打扮得漂漂亮亮。”

杨宇也为这一振奋人心的消息，激动不已。

不一会儿，镜前的孟瑶已然焕发出光彩。她满意地点点头，转身打开衣柜，取出一件漂亮的衣服。

孟瑶换上新衣，站在镜子前仔细打量。她拉起拉链，却有些吃力。就在这时，杨宇从外面走了过来，轻声说：“我来帮你吧。”他伸出手，轻轻地帮她拉上拉链。

这时，杨宇注意到了孟瑶脖子上的护身符。他微微一顿，轻声说：“保护你的人就要来接你了，护身符就摘下来吧。”

孟瑶听后，落泪道：“好。”

孟瑶打扮好后，早早就到楼下去迎接陆骁了。孟瑶站在大路口，期待着那个熟悉的身影出现。她知道，她最心爱的人就要来了，她要以最美丽的样子去迎接他。

杨宇感觉自己对不住陆骁和孟瑶，他自惭形秽，长久以来，他一直陷在深深的自责中。

他觉得，当初他就不应该考到江南来；

他觉得，是他的自私，害了孟瑶，也害了陆骁；

他觉得，现在陆骁和孟瑶终于可以团聚了，他的存在显得多余；

他认为，这个时候离开，也许才是他最好的选择。

于是，杨宇收拾好行李，向高铁站进发了。当他坐到高铁的座位上时，他发现旁边的女孩，倍感面熟。

没错，她就是在常德公寓时，有一次晚上他下班回家，在楼梯口遇到的那个女孩。她叫朱娜……

图书在版编目（CIP）数据

月落姑苏 / 康锐著 . -- 南京：江苏凤凰文艺出版社，2024.6
ISBN 978-7-5594-8620-2

Ⅰ . ①月… Ⅱ . ①康… Ⅲ . ①长篇小说 – 中国 – 当代 Ⅳ . ① I247.5

中国国家版本馆 CIP 数据核字（2024）第 083995 号

月落姑苏

康锐　著

责任编辑　万馥蕾
特约编辑　王　瑞
责任印制　杨　丹
出版发行　江苏凤凰文艺出版社
　　　　　南京市中央路 165 号，邮编：210009
网　　址　http://www.jswenyi.com
印　　刷　苏州市越洋印刷有限公司
开　　本　880 毫米 ×1230 毫米 1/32
印　　张　8.5
字　　数　150 千字
版　　次　2024 年 6 月第 1 版
印　　次　2024 年 6 月第 1 次印刷
书　　号　ISBN 978-7-5594-8620-2
定　　价　52.00 元